やさしく殺して、僕の心を。

神奈木 智

幻冬舎ルチル文庫

CONTENTS ✦目次✦

やさしく殺して、僕の心を。

✦カバーデザイン＝清水香苗（CoCo.Design）
✦ブックデザイン＝まるか工房

イラスト・金ひかる✦

やさしく殺して、僕の心を。

●●● 1 ●●●

「あんた…落ちてるものなら、なんでも…拾うタイプ、か？」

路地裏の小汚い道端に横たわって、神崎菜央《かんざきなお》は息も絶え絶えに尋ねる。押さえた脇腹《わきばら》から血がどんどん滲《にじ》み出て、裂けたシャツ越しに手のひらをぐっしょり濡《ぬ》らしていた。

「なぁ、どう…なんだよ…」

「そんなことを尋ねて、どうするつもりだ？」

どうするだって？

思わず我が耳を疑った菜央に、続けて相手は愉快そうに訊《き》き返してくる。

「まさか、自分を拾って帰ってくれとでも？」

「助…けろよ…っ」

「驚いたな。〝お願い〟じゃなくて、〝命令〟か」

必死の思いで口にしたセリフを、男は無感動な微笑で受け止めた。その表情は初めて会った時と変わらず、不遜《ふそん》で傲慢《ごうまん》で余裕たっぷりだ。第一、この惨状を目《ま》の当たりにしても眉《まゆ》一つ動かさないところが、もう普通じゃない。

一体、こいつは何者なんだ――痛みに朦朧《もうろう》としてきた意識の中、菜央は自分を見下ろす冷酷な眼差《まなざ》しを後悔と共にボンヤリと見つめ返した。思い返せば、彼が上等な見かけ通りの人間ではないことくらい、身をもってとっくに知っていたはずなのだ。

（しかも…こいつ、絶対に面白がってやがる…）

いくら生命の危機とはいえ、こんなひとでなしにしか助けを求められない自分を菜央は心底哀れに思う。これも今まで他人を食い物にしてきた罰なのか、とガックリ落ち込み、せめて最期を看取《みと》られる相手くらい選びたかったと嘆いた。

（確かに見てくれはカッコいいけど…嫌味は言うし、性格悪いし、ヤバそうな人種だし）

まだ三十代前半とおぼしき男が身につけているコートやスーツ、革靴などは全て老舗《しにせ》ブランドの一級品だ。おまけに日本人離れした長身とスタイルの良さが、それらの価値を何倍にも高めている。場末の雰囲気から激しく浮いている上品な仕種《しぐさ》と柔らかな声音は、無慈悲で残酷な瞳さえ見なかったら「紳士」と呼んでも差し支えなかっただろう。

（だけど…俺より、遥《はる》かに修羅場慣れしてる…）

高価な革靴で躊躇《ちゅうちょ》なく血だまりを踏みつけるなんて、まともな人間の感覚じゃない。

一向に出血の止まらない身体《からだ》を持て余し、菜央は胸で思いきり悪態をついた。

菜央の唯一無二の取り柄は、なんといっても顔だ。

本人もそう思っているし、彼を知る者もそれに異存は唱えない。むしろ、「顔しか取り柄がない」と言い換えてもよかった。それくらい、菜央の顔と性格は反比例しているのだ。

黙って微笑《ほほえ》んでいれば大抵の相手は好感を抱く、警戒心ゼロの人なつこい笑顔。生まれつき栗色《くりいろ》の髪は柔らかくさらさらで、手触りは絹のようだとよく褒められた。それを少しだけ長めに伸ばし、綺麗《きれい》に整った顔が品良く引き立つように演出する。表情豊かな黒目と凛々《りり》しい口調が利発な印象を強め、実際頭の回転はそう悪い方ではなかった。

孤児なので正確な誕生日は不明だが、恐らく来年で成人する。二十歳直前の青年としてはやや線が細い方だが、強く性を感じさせない植物的な雰囲気にはその方が似合っていた。お陰で男女のどちらからも愛されるし、通常の二倍は恨みも買っている。しかし、いちいち気にしているような繊細な神経は、生憎《あいにく》と持ち合わせていなかった。

「悪いけどさ、そろそろ潮時だと思うんだよね。お互いに」

さんざん世話になった後、いつものセリフを口にする。一人の相手とは長くて半年、それ以上は深入りしないと決めていた。場合によっては黙って街から消える時もあるが、今回は地味な公務員の男だったので、大袈裟《おおげさ》に騒ぎ立てないだろうとの読みもあった。

「大垣《おおがき》さん、いろいろよくしてくれてありがとう。でも、もう……」

「ふざけるなぁっ！」

突然、逆上した相手に怒鳴りつけられ、菜央はキョトンと目を丸くする。大垣はおとなしくて気が弱く、仕事柄もあってゲイという性癖をひたすら隠そうとする男だった。だから、菜央は彼のマンションに住んでいる間は自由に外出ができなかったたし、大きな声で話すことすら禁じられていたくらいだ。そんな閉ざされた空間で、王子様の如《ごと》くかしずかれていた。当然そんな生活にはすぐに嫌気がさしたが、ひたすら自分を崇《あが》め奉る様子に別れを切り出しかねていただけだ。

「でもさ、そろそろ…限界だよ。俺だって、一生ここに隠れているわけには…」

「なんでだ？　菜央、喜んでただろう。俺が帰ってくると、猫みたいに飛びついて」

「それは…つまり、一応の礼儀として…」

「あれは、芝居だったっていうつもりか？　なんてひどい奴なんだ。俺に、さんざん物をねだっておいて。どれだけおまえのために金を使ったか、わかってるのか？」

「………」

菜央に言わせれば、一ヵ月でもよく我慢した方だと思う。確かに服だの靴だのプレゼントはされたが、勝手に彼が買ってきたのであって、身上を潰《つぶ》すほどの金を使わせたわけでもない。これまでの相手には横領したり借金を重ねたりする者もいたし、それに比べたら微々たる損害じゃないかと腹立ち紛れに言ってやった。

——だが。

「ふざけるな、ふざけるな、ふざけるなぁぁっ！」

部屋ではあれだけ大声を禁じていた彼が、興奮してわめき散らしている。のっぺりとした特徴のない顔が、怒りで真っ赤になっていた。

「おまえは、ここにいるんだっ！　俺と一緒に、ずっとずっといるんだっ！」

「ちょ、ちょっと大垣さん…」

「出ていくなら、殺すぞっ。菜央を殺して、俺も死んでやるっ」

「あのなぁ…」

悪いが、この手の脅しにはもう慣れっこだ。伊達《だて》に、十五の時からこういう生活を送っているわけじゃない。菜央は少しも怯《ひる》まず、むしろ相手を哀れに感じながら言った。

「止めても、俺は出ていくよ。大垣さんに貰《もら》ったものは、全部置いていくから。なぁ、俺はこの一ヵ月間ずっといい子だっただろ？　最後のご褒美に、自由をくれないかな」

「ダメだ、ダメだ、ダメだっ！」

子どものように地団駄を踏み、大垣は更に声を張り上げる。これでは、両隣と階下から苦情がくるのも時間の問題だろう。ウンザリした菜央は全財産をまとめたスポーツバッグを持ち、怒鳴り声を無視してさっさと玄関から表へ出た。幸い部屋は二階だったので、早足で階段を駆け下りて追ってくる彼をまこうとする。ところが予想に反して大垣は驚くほど執拗《しつよう》で、とうとう路地の突き当たりまで追い詰められてしまった。

もし、あの時…と菜央は思う。

たった一度でも殴らせていたら、大垣の気は済んだかもしれない。だが、飲み屋の裏口を背に逃げ場をなくし、今しも首を絞められそうになった時、場違いに涼やかな声が彼の暴走に水を差した。

「人殺しの時間には、まだ明るすぎるぞ」

「…な、なんだ、おまえ」

「どうせならもっと陽《ひ》が落ちてから、できるだけ離れた場所でやってくれ」

ゆっくりと近づく足音は、妙な威圧感を伴っている。それは決して菜央の錯覚ではなく、たちまち戦意を喪失した大垣はオドオドと相手から距離を取ろうとした。

「この界隈《かいわい》で騒ぎを起こされると」

声の主が足を止め、底冷えのする眼差しをこちらへ向ける。

「迷惑するのは、こっちなんだ」

「くそっ」

弱々しく捨てゼリフを吐き、大垣は弾《はじ》かれたように走り去った。一瞬で遮る者がいなくなり、菜央はまともに相手と対面する。目が合った瞬間、微《かす》かに男の瞳が温度を上げた気がしたが、そうと意識する間もなく皮肉な色へと変貌《へんぼう》してしまった。

「ふぅん。チンピラの小競り合いかと思ったら、ホモの痴話喧嘩《げんか》か」

バカにしたような響きに、思わずムッとして睨《にら》みつける。

「なんで、そんなことがわかるんだよ」

「小綺麗な面《つら》、してるからさ。目に媚《こび》があって、胸焼けがしそうなくらい色気がある。男相手にそんな顔をしてみせるなら、さぞかし凄腕《すごうで》なんだろうな？」

「…………」

一言一言が屈辱的に響き、菜央は咄嗟《とっさ》に唇を嚙《か》んだ。言い返してやりたいのは山々だったが、相手のセリフは悔しいが的を射ている。荒《すさ》んだ生活が自分に与えたものは、贅沢《ぜいたく》な食事や屋根のある暮らしだけではないだろう。だが、行きずりで見も知らぬ相手から揶揄《やゆ》される筋合いはない。すぐに菜央は気を取り直し、乱れた襟元を直しながら言った。

「別に、男限定ってわけじゃない」

「ほう？」

「金さえ持ってるなら、男でも女でも相手にするよ。それだけだ。今のだって、痴話喧嘩なんて可愛いもんじゃないさ。ビジネス上のトラブルってとこかな」

「デカい口を叩《たた》くが、今の男はさして金を持ってる風でもなかったぞ？」

「それは……」

痛いところを突かれて、再び菜央は黙り込む。大垣にはそこそこの収入があったが、別に資産家というわけではなかった。しかし、菜央にしてみれば生活の面倒をみてもらえればいいのであって、財産まで横取りするような野望は持っていない。言ってみれば、自分を好いてくれる相手なら誰でもいいのだ。気のない人間を財産目当てに振り向かせるなんて、面倒なだけだと思っていた。

「ずいぶん欲のないことだ。最低のジゴロだな」

「な…っ」

「勿体《もったい》ない。せっかく、素材は上等なのに」

　セリフと同時に、視界が不意に暗くなる。男が、いきなり唇を重ねてきたのだ。突然の出来事に抵抗もできず、菜央の頭は真っ白になる。柔らかな感触に我を取り戻し、慌《あわ》てて抗《あらが》おうとしたのだが、手首を壁に押さえつけられてそれもままならなかった。

「う…ん…っ…ん…」

　動けないのをいいことに、男は焦《じ》らして遊ぶかのように深く浅く口づける。意味深な舌の動きが淡い快感を生み、身体がたちまち熱くなった。艶《なまめ》かしい仕種に弄《もてあそ》ばれ、煽《あお》ったそばからはぐらかされて、ジリジリと余裕を失う自分に菜央は焦る。なんとか手首の縛《いまし》めを解かなくてはと思うのに、唇は意思に反して彼を受け入れ始めていた。

「…は…っ…ん…」

　頭の芯《しん》に霞《かすみ》がかかり、菜央は意地も見栄《みえ》もかなぐり捨てて性急に舌を絡ませる。交わる音に肌が反応し、甘い疼《うず》きが身体の奥を占領した。自由を封印され、嬲《なぶ》られるがままに口づけを受け、やがて吐息が微熱に湿り出す。快感の波に思わず力が抜けそうになった時、まるで待っていたかのように唐突に手首が解放された。

「あ……」

ため息を一つ漏らし、のろのろと目線を上げる。

恨めしげな視線を向けられて、男は満足げに笑ってみせた。

「キス一つで簡単に乗るようじゃ、美貌《びぼう》の価値も半減だな」

「…試したのかよ」

「助けてやったんだ。礼くらい当然だろう？」

価値は半減って言ったくせに、取るもんは取るってことかよ。

菜央は思いきり相手を睨みつけ、プライドを傷つけられた事実に激しく憤慨した。唇に残る余韻を手の甲で忌ま忌ましく拭《ぬぐ》い取り、挑戦的に前へ出ようとしたが、情けないことに足が微かに震えている。男が嘲《あざけ》ったようにキス一つで、と思うと、「おまえは、どこのお嬢様だ」と自分を罵《ののし》りたい気分になった。

険悪な空気の中、忙《せわ》しない雰囲気で人を捜す声が聞こえてくる。「室生《むろう》」という名前に男の目線が動いたので、彼を捜しているのだと菜央にもわかった。

「室生さん？　室生さん、どこですか？」

「ここだ」

彼が静かに答えると、バタバタと細身の青年が駆け寄ってくる。大手商社のエリートでも通りそうな男とは反対に、青年は光沢のある派手な花柄シャツに合皮のジャケットという出《い》

いづみや
金融流れ直売所

で立ちで、いかにもチンピラでございという風体《ふうてい》をしていた。

「室生さん、心配しましたよ。もしや裏口にまで、瀬川《せがわ》の奴らが張っていたかと」

「表はどうだった？」

「そっちは、俺と健治《けんじ》とで追い払いました。室生さんの読み通りでしたね」

「そうか」

室生と呼ばれた男は、報告を聞き終わると薄く微笑んだ。それは、菜央が今まで目にした中で一番冷ややかで、凄絶《せいぜつ》な艶《つや》を含んだ表情だった。

「誰ですか、このガキは」

うっかり見惚《みと》れていたら、いかにも胡散臭《うさんくさ》そうな視線を投げられる。菜央とさして年も変わらないであろう青年は、フンと皮肉めいた笑みを漏らすと返事も待たずにさっさと室生に注意を戻してしまった。

「室生さん、若が屋敷でお待ちです。なんでも、彗坊《すい》ちゃんがまた熱を出されたとかで」

「彗が？　わかった、すぐに車を回せ」

彗、と発音した時だけ、室生の声音に人間らしい温《ぬく》もりが宿る。なんだか面白くない気分に襲われ、菜央は急いで自分も立ち去ろうとした。いきなりキスされたのは不本意だったが、彼が言うように助けてもらった代償だと思えば腹も立たない。どうせ二度と会うこともないんだし、と自分を慰めていたら、「おい、おまえ」と偉そうに呼び止められた。

「忘れ物だぞ。この安っぽいバッグ、持っていかなくていいのか？」

「あっ、か…返せよっ」

「親切で教えてやったのに、ずいぶんな言われようだ」

差し出されたスポーツバッグを乱暴に奪い返すと、室生は呆《あき》れたように肩をすくめる。そんな芝居がかった仕種でも、彼がやるとやけに様になっていて無性に悔しかった。

あれから、一週間。

まさか、更に最悪な状況で再会するとは菜央は夢にも思っていなかった。


「刺されるとは、ドジな奴だ。今度は、どんな相手だ？　男か女か？」

「この前と…同じ奴だ…よ…っ。ちっくしょ…完全に…おかしくなってやがる…」

「真面目《まじめ》で遊びを知らない奴ほど、加減がわからず突っ走る」

真理だな、と自分のセリフに頷《うなず》き、室生がようやく屈《かが》み込んできた。傷口には触らず、鋭い目つきでざっと確認だけすると、今度は面倒そうに小さなため息をつく。出血のせいか痛みは徐々に鈍くなっていたが、凍死するかと思うくらい身体が寒かった。もうすぐ十二月なのだから当然か、と苦笑いをしようとしたが、唇が強張《こわば》って思うように動かない。もしや、自分は考えているよりずっと重傷なのかと、菜央は初めて怖くなった。

「心配するな」

不安な思いが通じたのか、初めて室生が優しい言葉をかけてくる。彼はそっと菜央へ右手を伸ばすと、右頬《みぎほお》の汚れを丁寧に拭い取った。ホッと気が緩んだ途端、暗闇《くらやみ》に落ちるように意識が遠くなっていく。つまらない一生だったな、と菜央は力なく呟《つぶや》き、それでも一人ぼっちで死ななくて本当によかった、と微笑んだ。

うっすらと開いた瞳に、ボンヤリと白衣が映った。それが隅に置かれた古いソファにかけられたものだとわかり、菜央の頭は「?」で埋め尽くされる。あの世にしては事務的だし、病院にしては薄暗くて殺伐としすぎていたからだ。

(ここは…どこなんだ…?)

ゆっくりと目線だけを動かして、左腕に繋《つな》がれている点滴の管を観察する。どう見ても無味乾燥な雑居ビルの一室にしか思えなかったが、どうやら病院で間違いないようだ。そうなると、誰が自分をここへ連れてきたのだろう。

(あいつか…?　あの、室生とかいう男が…)

まだ薬が効いているのか、半分寝ぼけた状態で菜央は考える。夕暮れ間近の路地裏で、まさか再びあの男に会うとは思わなかった。身なりから察して、ああいう貧乏臭い場所に入り浸っている感じではなかったし、この間はたまたま裏口を利用したにすぎないようなことを迎えに来た青年が言っていたからだ。

おまけに、最悪にみっともないところを見られてしまった。大垣は菜央を刺した後、ナイフを持ったまま逃亡していったが、今頃《いまごろ》は部屋に閉じこもって一人で震えているだろう。先日の件でヤバい奴だとわかっていたのに、さっさと街を出ていかなかった自分が悪い。痛みと自己嫌悪から投げやりな気分でいたところへ、室生が現れたのだった。

(挙げ句に、俺も〝助けろ〟とか言っちゃうし…)

今度の借りは、キスだけでは済みそうもない。なにしろ、彼は命の恩人なのだ。だが、あの意地悪な表情と嫌味な口調を思い出すと、室生に屈伏するのは非常に不愉快だった。一応の手当ては受けているようだし、このまま逃げ出せないものだろうか。ふとそんな考えが頭に浮かび、点滴の針を抜こうと決心した直後、ドアが開いて見知らぬ男が中へ入ってきた。

「なんだ、目ぇ覚ましてたのか」

「え…あ…まぁ…」

「名前、言えるか？　名前と生年月日」

サンダルを突っかけてズカズカと近づく彼は、白衣を着ているところを見ると医者だろうか。ふてぶてしい口調とは裏腹に、年はせいぜい二十代後半くらいだ。肩までの髪を後ろで無造作に縛り、銀のフレームの眼鏡《めがね》をかけた顔は端整といってもよかったが、いかんせん無《ぶ》頼《らい》な雰囲気が繊細な見かけを台無しにしていた。

「ほら、名前を言えって。カルテ作るんだから」

「か…神崎菜央…」

「なお？　どんな字だ？」

「菜っ葉の菜に、中央の央」

中央ね…と口の中で呟きながら、バインダーに挟んだカルテへ汚い字で書き殴る。何をしても優雅な室生とはえらい違いだな、と感心していると、不意に瞳を上げてニヤリと癖のある笑みを向けられた。

「室生なら、後でここに顔を出すとさ。心配すんなって、菜央ちゃん」

「だっ、誰が菜央ちゃんだっ」

「ちなみに、俺は優《ゆう》先生。フルネームは、小田切優哉《おだぎりゆうや》。ビルの表に看板は出してないけど、ワケありの患者から尊敬を一身に集めている優秀な外科医だ」

「モグリ…かよ……」

道理で、病院らしくないはずだ。不安と安堵《あんど》の両方が押し寄せ、菜央は深々とため息をついた。モグリの医者ではたして大丈夫なのか、と思う反面、面倒な警察沙汰《ざた》は避けられたという安心感が全身を包む。そんな心の内を見透かしたように、優哉は上機嫌で先を続けた。

「ええと、次は生年月日か。あと、悪いけどウチは保険が利かないからな」

「年は…多分、十九だと思う。保険は、どっちみち入ってない。保険証もないし」

「………」

一瞬ペンの動きが止まったので、正直に言いすぎたかとヒヤリとする。だが、すぐに何事もなかったかのように、陽気な口調で復誦《ふくしょう》された。

「多分十九で、保険はなし…と。じゃあ、質問はこんなとこかな。もうすぐ痛み止めが切れるから、今晩は少し辛《つら》いかもしれないけど我慢しろよ。出血はひどかったけど、傷はさほど深くなかったんで二、三週間も寝てれば治るだろ。内臓までいってなかったのは、本当に幸運だったな。どうせ助からないとわかったら、室生の奴きっと見捨ててたぜ」

「マジ…？」

あの男なら、それもアリかもしれない。思わず真顔で訊き返したら、フフンと意味深に笑われてしまった。

「菜央ちゃんの傷、振った男に刺されたんだって？　ダメだろ、もっと上手《うま》く立ち回んないとさ。せっかく染み一つない綺麗な身体だったのに、死ぬまで傷痕《きずあと》は消えないよ」

「え……」

「室生じゃあるまいし、勲章にもならないだろ。以後、気をつけて…」

「小田切、余計なことを言うな」

ぶ然とした声音が、優哉の軽口にストップをかける。「勲章」という単語に菜央が引っかかっていると、廊下から現れた室生がニコリともしないでベッドの傍らに立った。丁寧に撫《な》でつけた黒髪と、切れ者然とした思慮深い瞳。こうして間近でよく見ると、彼はまるで役者のようだ。精悍《せいかん》で雄の色香に溢《あふ》れた顔立ちも然《さ》ることながら、どこにいても空気が独特で周囲から浮いて見えてしまう。顔の造作《ぞうさく》だけなら負けない自信があったが、自分がどれだけ年を重ねても室生の存在感には近づけそうもなかった。

「あんたって…ヤクザかなんか？」

口を開くなり核心を突くと、さすがの彼も面食らった顔になる。外見だけならとてもヤクザとは思えなかったが、今までの情報を繋ぎ合わせればそれしか考えられなかった。

「そうなんだろ？　モグリの医者の知り合いなんて、そういるもんじゃないよな」

「人の詮索《せんさく》をする前に、まず言うべきセリフがあるだろう」

「あ…そっか、ごめん」

苦々しげに答える様子に、つい微笑ましいものを感じてしまう。

「助けてくれて、どうもありがとう。お陰で、死なずに済んだよ」

「大袈裟な。あれくらい、ガキの喧嘩レベルだ。あのまま放《ほう》っておいても問題ない」

「室生、ムチャクチャ言うなって。あと、菜央ちゃんは全治三週間だ。治療費は、おまえにツケといていいんだよな？」

「やむを得ないな」

室生と優哉は親しいらしく、簡単なやり取りだけですぐに交渉が成立する。しかし、聞いていた菜央は内心困ってしまった。保険の利かない治療費がどれだけかかるのか、想像しただけで暗い気分になったからだ。これまで何度か病院にかかった経験から、おいそれと払える額ではないだろうとの察しだけはついた。

（まいったな…。ヤクザに借金となると、後々面倒なことになるかも…）

優哉が気を利かせて出ていってしまうと、室内はたちまち重苦しい空気がたちこめる。室生には感謝しているが、やっぱり隙《すき》をみて逃げるしかないかと、菜央は逃亡計画に思いを巡らせた。だが、恐らく顔に出ていたのだろう。それまで無愛想に黙っていた室生が、いきなり悪戯《いたずら》に目覚めたような目でこちらを覗《のぞ》き込んできた。

「逃げようとしても、無駄だからな？」

「べ、別に俺は…」

「ああ見えて、優哉は鋭い奴だ。勘も働く。そうそう隙は与えてくれないぞ」

「じゃあ、あの医者も…ヤクザなのかよ」

「俺の古い友人だ。ヤクザじゃないが、俺たちは世話になっている。おまえが治療費を踏み倒せば、俺に迷惑がかかるんだ。そんな真似《まね》、友人ならさせるわけがないだろう？」

「………」

どこまで本当かわからなかったが、こうまで言われては諦《あきら》めざるを得ない。一体、この先どうなってしまうんだろうと、菜央は絶望的な気持ちになった。

「とにかく、今は一日も早く怪我《けが》を治せ」

こちらの気も知らないで、室生はお決まりの文句を口にする。

意外にも、それは「心配するな」と囁《ささや》かれた時と同じ優しさを含んでいた。菜央は少しだけ心が慰められ、ひとまず素直に頷いてみせる。後のことはまた考えればいいと腹を決め、室生の見ている前でゆっくりと目を閉じた。


優哉の腕は確かだったようで、菜央の身体は順調に回復していった。お陰で二週間を過ぎる頃には、自力で歩き回れるほど元気を取り戻す。室生に脅されたのでとりあえず逃亡は先延ばしにしているが、そうなると毎日がヒマで仕方がなかった。

「菜央ちゃん、アルコール綿をもうちょっと作ってくれるか？」

「わかった。ちょっと待ってて」

最近は、一人で切り盛りしている優哉の手伝いをして時間を潰している。彼は同じフロアにある別の部屋を外来用と自室用にそれぞれ借りており、菜央が病室で休んでいても隣から患者の呻《うめ》き声や、痛みに騒ぐ相手を叱《しか》り飛ばす声が聞こえてきたりして実に賑《にぎ》やかだった。

「この雑居ビルは、室生の組の持ちもんなんだよ。俺も大きな顔で開業できる身じゃないし、家賃をまけてもらう代わりに奴らの面倒をみてるって感じかな」

「室生の組って…あいつ、そんな偉いのか？」

「違う、違う。あ、いや…まぁ、偉いには違いないのか。今の組長がけっこうな年でさ、まだ現役で睨みは利かせてるんだけど、近い将来に世代交替がありそうなんだ。室生は次の跡目と目される組長の息子の、いわゆる補佐役だな。組織内ではナンバー3ってとこか」

「ナンバー3…」

「ツートップが、今言った組長の息子と若頭《わかがしら》の阿久津《あくつ》って男。跡目も、この二人のどっちかになるって言われてる。室生がついている限り、息子の方が有利だけどな」

患者が一段落し、遅い昼食を一緒に取りながら、優哉はいろいろな話を聞かせてくれる。だが、知れば知るほど室生という男は別世界の人間だった。菜央にとっては「いけすかないオヤジ」でしかないが、彼が属する世界ではかなり名前の通った人物らしい。そんな奴に大きな借りをつくったなんて、神崎菜央一生の不覚としか言い様がなかった。

「う〜ん、オヤジは気の毒だなぁ。あれでも、まだ三十二なんだぜ。羽振りはいいし、見ての通りの男前だから、この界隈の女は皆ベタ惚《ぼ》れだし」

「俺よか一回りも上なら、充分オヤジだろ。そりゃ…カッコいいとは…思うけど…」

室生を褒めるのは不本意なので、どうしても語尾が言い淀《よど》んでしまう。そんな菜央の態度を意識しすぎと取ったのか、優哉は春巻《はるまき》をつつくのを休んでニヤニヤと笑った。

「菜央ちゃん、室生には惚れるなよ。なりは上等でも中身は極道だぞ」

「ほ、惚れるかよっ。第一、俺は必要に迫られて男と寝ることはあっても、惚れたことなんか一度もないいんだからなっ」

「必要に迫られて…」

「そうだよ、悪いかよっ。減るもんじゃなし、別にいいだろっ」

菜央が開き直って断言すると、優哉の目が眼鏡の奥で思わせぶりに瞬く。なんなんだよ、と居心地の悪さに辟易《へきえき》していたら、やがて驚くほど真面目な声で彼は言った。

「なぁ、菜央ちゃん。セックスって、減るんだよ」

「へ？」

「減るって、絶対。だって、一生にセックスできる回数には限度があるだろ。多少の個人差はこの際無視するとして、限られた回数なら一回でも多く気持ちいい方がいいじゃないか。それには、愛かテクニック。両方揃《そろ》ってる相手は希有《けう》だから、まぁどっちかだな」

「…………」

「少なくとも、金じゃないよ」

それが医者の言うことかと一瞬脱力しかけたが、優哉の説には妙な説得力がある。菜央は経験上、金を持った人間と寝る場合、相手が投資した分を必ず回収しようとするのを知っていた。そこにあるのは損得だけで、快感すら勘定のうちだ。向こうは菜央を愛しているつもりかもしれないが、金が絡む以上は対等なセックスとは言い難かった。

「優先生、俺ってセックスで損してたのかな」

「どうだろな。菜央ちゃんが、相手に損させてたかもしれないし」

「そっか……」

どちらかといえば、その意見の方が正しそうだ。今までしてきたことを反省するつもりはないが、虚《むな》しい関係だという客観的事実は理解できた。もちろん理解しただけなので、今後は改めようとはまったく思わなかったが。

「それにしても、室生も薄情だな。初日に顔を出したきり、いっぺんも見舞いに来ないで」

「来なくていいよ、あんな奴。大体、俺たちは友人でもなんでもないんだから。変に優しくされたら、気色悪いだけだ。それでなくても、どうやって立て替えてもらった治療費を返済したらいいのか頭が痛いっていうのに」

「おや、ずいぶんと嫌われたもんだ」

春巻と残った飯を豪快に口へ放り込み、優哉は二人前の定食をぺろりとたいらげる。身長こそ百七十三の菜央より数センチは高いが、彼の身体つきはほっそりとしていて、とても大飯食らいには見えなかった。一体どこへ消えているんだ…と、菜央は食事のたびにその見事な食欲に圧倒される。患者は昼夜を問わずに訪れるし、激務には違いないだろうが、室生とはまた別の意味で優哉も不思議な男だった。

「それで？　瀬川組の奴らが、阿久津と繋がってるって情報は確かなのか？」

若く凛《りん》とした声が、二十畳ほどの和室に響き渡る。他人に命令しなれた者が持つ、明るく揺るぎない自信に満ちた声音だ。紺のレザージャケットにクラッシュジーンズというラフな出で立ちの若者へ一礼し、正座した室生はおもむろに口を開いた。

「まだ証拠固めの段階ですが、恐らくは間違いないでしょう。阿久津が次の跡目を狙《ねら》っているのは、すでに周知の事実です。敵対する瀬川組と裏で接触をしているなんてことが組員たちに抜けたら、いらぬ動揺が広がってしまう。響《ひびき》さん、どうなさいますか」

「だが、こちらが先に手を出しては、相手に戦争の口実を与えるだけだ」

「その通りです。お家騒動ほど、外聞の悪いものはありません」

「まいったな…」

響は小難しい顔で腕を組み、重たいため息を漏らす。一ノ瀬《いちのせ》組の次期組長候補としては最有力に位置する男だが、なにしろまだ二十一歳という若さなのだ。高校時代から父親にシマの一部を任され、室生のサポートを得てこの世界で生きてきたとはいっても、やはり経験不足の若輩者には違いない。

それでもさすがに血は争えず、響には持って生まれた強いオーラがあった。人の上に君臨し、我が道を迷いもなく突き進んでいく強烈なカリスマ性。彼の素質をいち早く見抜いた室生は、自分が彼につき従うことでますますそのイメージを高めていった。

「阿久津の件は、もう少し様子見でいこう。親父だって、まだ引退をはっきり表明したわけじゃない。今日明日に動くということもないだろう」

「わかりました」

「それはそうと…なぁ、室生。おまえ、男を囲ってるんだって？」

突然ガラリと口調を変え、年相応の好奇心をむきだしに響がそう切り出してくる。きっちりと揃えていた膝《ひざ》を崩し、よく表情を映す勝ち気な黒目を輝かせて、彼は返事を促《うなが》すように喜々として身を乗り出してきた。

「驚いたな。おまえに、そういう趣味があったとは知らなかった。一度結婚に失敗してるから、もう女には懲《こ》りたのか？　彗が聞いたら、きっとまた熱を出すぞ」

「お言葉ですが、その噂《うわさ》は誤りです。俺は男を囲う趣味はありませんし、離婚して以来ずっと一人暮らしです。大体、もしその話が本当だとしたら、どうするつもりなんですか」

「もちろん、紹介してもらうのさ。おまえは、俺の楯《たて》になる男だ。もしものことがあったら、俺が代わって愛人の面倒をみてやらなきゃならないじゃないか」

「お気持ちだけ、有難く受け取っておきます」

室生はつれなく微笑で流すと、静かにその場へ立ち上がる。スーツに無駄な皺《しわ》が寄っていないのは、彼の姿勢が無理なく美しかった証拠だ。相手にされなかった響は、いかにも面白くなさそうに室生をねめつけた。

「ほんっと、おまえは食えないな。たまには、綻《ほころ》びを見せてみろ」

「そんな相手がいたら、とっくに囲ってますよ」

障子の取っ手に右手をかけ、室生は珍しく思い出し笑いをしそうになる。別れ下手《べた》で相手に刺された、出来損ないのジゴロの顔が浮かんだからだ。

「室生？　何、笑ってんだよ」

「いえ…」

滅多《めった》に見せない柔らかな微笑に、響は不吉なものでも目撃したような顔になる。

「今のお話ですが」

「え？」

「俺なら、囲うどころか閉じ込めて誰にも触らせませんね」

「室生……」

「彗に顔を見せてから、帰ります。それでは」

予想外の言葉に呆然《ぼうぜん》とする響を残し、彼は座敷を後にした。

2

まだ傷口はひきつれて痛むが、きっかり三週間で菜央は「ほぼ完治」とのお墨付きを優哉より貰った。しかし、そうなるといつまでも病院に居座っているわけにはいかない。患者用のベッドは一つでも多い方がいいだろうし、医学の心得もない自分が頑張ったところで、役に立てることなどそうはないからだ。

「何も、急いで出ていかなくてもいいじゃないか。次に住むところが見つかるまで、ここで手伝ってくれればいいんだから。菜央ちゃんみたいな美形がいると、場が華やぐしさ」

「ありがと、優先生。でも、早いとこ金を稼がないと室生が…」

「あいつ、なんか言ってきたのか？　結局、あれから連絡なしだけど」

使っていたベッドを新しいシーツで整え直し、菜央は無言で首を振る。実際、室生の顔なんて見たくないと思いつつ、こうまで放っておかれるとそれはそれで複雑だった。もしや治療費のことなど忘れて、このままバックレても許されるだろうか。一瞬そんな誘惑にかられたりもしたが、なんだか卑怯《ひきょう》な気がしてできなかった。

「今夜は、とりあえず安いビジネスホテルにでも泊まるよ。室生が来たら、そう伝えておいてくれるかな。俺は、逃げたんじゃないからなって。それと、こっちは俺の携帯番号。前まで、俺を刺した奴がしつこくかけてきてたんで買い替えようと思ってたんだけど、さすがにもうかけてこないと思うし」

「へぇ。じゃ、菜央ちゃんは本気で室生に借りを返す気なんだ」

菜央の決心が固いのを知り、優哉は少なからず驚いたようだ。中指で眼鏡を押し上げ、ちらりと壁の時計を見ながら「義理堅いなぁ」と小さく呟く。夜になればまた急患で忙しくなるので、菜央が出ていく準備を始めたのは比較的ヒマな午後の遅い時間だった。

「荷物っていっても、大したもんはないし。そんじゃ、優先生。お世話になりました」

「ああ…うん。なんか、淋《さび》しいよ。また怪我したら、いつでも来いよな」

「うん。俺、セックスしない相手と寝食共にしたの初めてなんだ。楽しかった」

「菜央ちゃん……」

自分がどんなに悲しいセリフを口にしたのか、幸か不幸か菜央にはわからない。だから、いつもは飄々《ひょうひょう》としている優哉が切ない顔を見せたのも、別れで感傷的になっているせいだとしか思わなかった。

優哉に見送られながら、電球の一ヵ所切れた階段をスポーツバッグ片手にゆっくりと下りていく。とうとう一度も姿を見せなかったな、と室生のことを考え、入院中たびたび夜中に反芻《はんすう》した「心配するな」という声を無意識に思い出した。

（ほんと…俺も、何をムキになってんだよ。向こうが黙ってるなら、このまま街から出ていけばいいじゃないか。無理して借金背負わなくても、もっと楽な道がいくらでも…）

そうはいっても、室生にこれ以上バカにされたくはない。菜央にだって意地があるし、彼に傷つけられたプライドをなんとか復活させたかった。それには、コソコソ逃げていてはダメなのだ。返せる当てなど皆無だが、せめて心意気だけでも見せたかった。

（知らなかった。俺って、案外熱血だったんだなぁ）

世間は、間もなくクリスマスだ。ビルから一歩外に出た菜央は、凍えた空気にひしひしと孤独を感じていた。刺された時に血で汚してしまったので、今の自分には羽織るコートすらない。ミリタリー風の膝丈ジャケットだけではやはり無謀だったかと、寒さに震えながら今更のように後悔した。

（でも、ホテル代を考えたらコートを買う金なんかないんだよな。適当な相手を見繕《みつくろ》うにしても、こういうガツガツした気分の時はスカを摑《つか》みかねないし）

一晩か二晩、と割りきるなら、それなりの場所へ行けば見つかるだろう。でも、菜央はいつでも継続的な相手を望んでいた。理由の一つは寝る家が欲しかったからだが、完全な売りをやるほど肝《きも》が据《す》わっていないせいもある。お互い打算があっても、恋人ごっこのぬるま湯が家族のいない身の上には心地好《よ》かったのだ。

（だけど、そんな甘いことなんか、いつまでも言ってられないよな）

セックスは減るんだよ、と言った優哉のセリフが、不意に耳へ蘇《よみがえ》る。けれど、菜央にはどうしたらいいのかまるでわからなかった。顔も覚えていない両親とは二歳の時に死別して、中学卒業までいた施設では自分のルックスがいかに利用できるかを学習した。中身のないお愛想でも、菜央が笑えば大人は上機嫌で可愛がってくれる。その延長上に今があって、どうすれば違う生き方ができるかなんて、皆目見当がつかなかった。

「…寒っ」

このままビルの前で立ち止まっていても、幸運が降ってくるわけではない。やっぱ俺には顔しかないでしょう、と菜央は明るく自分へ言い聞かせ、とにかく歩き出そうとした。

——その時。

「どこへ行くつもりだ」

「え……」

「そんな貧乏ったらしい格好で、どこへ行くつもりかと訊いているんだ」

失礼千万な言葉に、菜央は思わず立ち止まる。

このタイミングで登場するなんて、ほとんど反則に近かった。

「室生…さん」

「優哉から、電話があったんだ。おまえが、たった今退院したと」

いかにも渋々といった口調だったが、室生には使える部下が何人もいる。それなのに、わざわざ自分でやってきただけでも菜央には大きな驚きだった。それに、優哉がどんな伝え方をしたのか知らないが、たかが治療費のことで血相変えて駆けつける男でもないだろう。

「おまえは、治療費を踏み倒して逃げるわけではない、と聞いたぞ」

「そ…そうだけど……」

「だったら、話は簡単だ。今から俺のマンションへ来い」

そう言うなり、室生は問答無用で背中を向ける。意味がわからずポカンと突っ立っていたら、彼は苛々《いらいら》したように振り返った。

「何をボケッとしているんだ。おまえは、俺に借りがあるんだろう。だったら、選択の自由などないはずだ。俺が来いと言ったら、素直についてくればいいんだ」

「………」

あまりに乱暴な言い草だったが、不思議と菜央は腹が立たない。やっぱり嫌な奴には変わりないが、こんなに感情的な声で話す彼を見たのはこれが初めてだった。もしや、優哉の電話を受けてから急いで来てくれたのだろうか。室生の態度からその片鱗《へんりん》は少しも感じ取れなかったが、菜央は自分に都合のいい夢をみることにした。

「なぁなぁ、仕事でも紹介してくれんの？　まさか、俺を買おうって話？」

「三流ジゴロが、ふざけるな。大体、俺は男もガキも趣味じゃない」

「でも、俺にキスしたじゃないか。濃厚で、くらっとくるヤツを」

調子に乗ってからかうと、たちまちギロリと睨みつけられる。さすがはヤクザの幹部だけあって、ひと睨みされた菜央は青くなって口を閉じた。

ビルの裏手に、黒塗りの外車が停まっている。いつぞやの青年が運転席から降りて、後部ドアを静かに開けた。乗り込む瞬間、菜央と目が合った彼は微かに苦い表情を浮かべる。その意味するところを知らないまま、菜央はドキドキしながら革のシートに身を沈めた。

「なぁ、室生さん」

隣に室生が落ち着いたのを待って、もう一度声をかけてみる。案の定、一回で返事はしてくれなかったが、諦めずにくり返すと面倒そうに「なんだ」と答えた。

「またふざけたことを言ったら、前言撤回して車から叩き出すぞ」

「違うよ。全然ふざけてないって」

慌てて菜央は食い下がり、前から知りたかったことを質問する。

「室生さんって、下の名前はなんていうんだよ？」

「そんなこと訊いて、どうするんだ」

「それは、もちろん……」

考えてみれば、確かに知ってどうしようというのだろう。自分でも上手く説明がつかなくなり、菜央は苦し紛れに口からでまかせを言った。

「もちろん、借用書を書くんだよ。その、つまり——治療費の」

室生龍壱《りゅういち》、三十二歳。

関東一帯に数十の傘下を持つ、指定暴力団一ノ瀬組。四桁《けた》にものぼる構成員の中で、若頭の阿久津洋治《ようじ》、組長の息子の一ノ瀬響に次いで、ナンバー3の位置にいる男。

(龍壱…ね……)

用意された客間のベッドに入り、菜央は嵌《は》め殺しの天窓を眺めながらため息をつく。濃紺の闇《やみ》に浮かぶ冴《さ》えざえとした冬の星は、どこか室生の印象と重なるところがあった。

(なんだか、妙な展開になっちゃったよなぁ…)

車中で聞き出したプロフィールは、フルネーム以外すでに優哉から聞いている内容ばかりだったので、些《いささ》か菜央はがっかりしている。別にもっと親しくなろうと思ったわけではないが、常に何を考えているのかわからない男なので、もう少しデータが欲しかったのだ。

(指輪はしてなかったから、多分独身なんだろうけど。でも、一人で住むにはこのマンションって広すぎないか？　寝室とリビング以外、ほとんど使ってないじゃん)

実際、室生のマンションは彼の収入と有能さを証明するような豪華さだった。ヨーロッパの古い街並みにでも違和感なくとけこみそうな、温かみと洗練さを併せ持つ瀟洒《しょうしゃ》な外観。ワンフロアに二世帯ずつの限定された住人と、エントランスに常駐するコンシェルジュのみが出入りを許される特別な空間。いくら金持ちとはいえ、よくまぁヤクザがこんなところに住めたものだと感心していたら、マンション自体が一ノ瀬組の別会社のものだという。

（ま、室生本人だって、一見ヤクザにゃ見えないもんな）

例のチンピラ風の青年は、宮下克己《みやしたかつみ》といって室生の舎弟なんだそうだ。どんな過去があるのか知らないが室生に心酔しきっていて、菜央への敵対心を隠そうともしない。多少煩わしい存在ではあったが、気にしなければどうということもなかった。

（大体、俺もなんで犬みたいに尻尾《しっぽ》振って、あいつの車なんか乗ったんだろ）

多少センチメンタルな気分だったのは、気恥ずかしいが否定できない。思いがけず優哉が別れを惜しんでくれたので、感化された可能性もあった。セックス抜きで好意を持たれることに菜央はほとんど免疫がなく、そういう意味ではあの時の自分は冷静ではなかったのだ。そんな動揺した心に、上手いこと室生がつけ込んできたのだろう。

（俺って、案外チョロい奴かも…気をつけよう）

両目を閉じて、いい加減感傷に浸るのはやめにする。

一度も見舞いに来なかった室生が、退院の知らせを聞いて駆けつけてきた。確かに、その事実は菜央を感動させたが、その行為にはちゃんと理由があったのだ。数時間前のやり取りを思い出しながら、菜央はもう一度ため息をついた。

『つまり…俺にバイトをしろってこと？』

宮下が帰り、リビングで二人きりになった菜央は改めて問い返す。優哉の診療所からマンションまで僅《わず》か十分の道程だったが、その間に彼は浮かれる菜央へ釘《くぎ》を刺すように「誤解するな。俺は、何も親切心で引き止めたわけじゃない」と冷たく言ってきたのだ。

『別に…俺だって、借りが返せるからって言われただけで…』

『わかっているならいい。変に自惚《うぬぼ》れて懐かれても、迷惑なだけだからな』

『………』

菜央は、決して何かを期待して室生についてきたわけではない。世間は冷たくて現実は厳しい、なんてことは今まで嫌というほど思い知ってきたからだ。

それでも、室生の口から容赦なく宣言されるとさすがに堪《こた》えた。素直に認めたくはなかったが、何も言い返せなかったのは傷ついたためだ。だが、そうと悟られるくらいなら死んだ方がマシだったので、かろうじて強気な笑みだけは崩さなかった。

『バイトだからといって、身体を売れとかいう話じゃない』

菜央の沈黙には注意を払わず、室生は事務的に先を続ける。豪華な本革のソファと、そこに座る墨色のスーツを着た彼の姿は、まるでよくできたグラビア写真のようだった。

『おまえには、二ヵ月ほどある人物の話し相手になってもらいたいんだ。こちらの条件を全て飲むなら、立て替えた治療費はチャラにしてやる』

『そういえば、まだ優先生に聞いてなかったけど…治療費って…』

『百五十万だ』

さらりと口にされた数字に、菜央は心の中で「げっ」と叫ぶ。それは、想像以上に厳しい額だった。もしや、優哉は人の好い振りをした悪徳医者なんじゃないかと、思わず逆恨みをしそうになる。いい人だと思っていたのに…と裏切られたような気持ちでいたら、室生がやれやれと言わんばかりの視線を投げてきた。

『法外な料金だと思うかもしれないが、正規の医者でない優哉が薬を手に入れるには、それなりのルートが必要だ。もちろん、多少はイロをつけてな。おまえが考えているよりも、治療にはずっとコストがかかっている』

『それは…そうかもしれないけど…』

『ま、払うのが俺だって頭があったから、平然と要求してきたんだろうが』

『なんだよ、それ』

『俺がおまえから取り立てるとは、優哉も本気で思っていなかったんだろう』

気のせいか、そこで室生は微かに苦笑したようだ。菜央がびっくりしていると、彼はすぐに無表情に戻ってしまった。

『さっきも言ったが、期間はおよそ二ヵ月だ。ただし、もし彗がおまえを気に入らなかった時は即刻クビだから覚悟しておけよ。逆に、気に入られた場合は報酬も弾んでやろう。治療費がチャラになるだけじゃなく、いい儲《もう》けになるはずだ』

『彗…って？』

聞き覚えのある名前に、ドキンと胸が不穏な音をたてる。確か、初めて室生と会った時に彼が唯一感情を露《あらわ》にした声が「彗」だった。菜央を小バカにし、取りつく島のない様子だった室生が、とても大事そうに発音していた名前。その「彗」の話し相手になれ、と言われたのだとわかった途端、菜央の鼓動は戸惑うほど速くなった。

『なぁ、彗って誰だよ。そいつ、あんたとどういう関係なんだ？』

『そんなことを聞いてどうする？』

『ど…どうって、そりゃあ気になるだろ。話し相手っていったって、どんな奴かもわからないんじゃ気に入られようもないじゃないか。それに…』

『それに？』

『………』

『どうした？　それに、の続きを言ってみろ』

『な…なんでも…ない』

面白そうに先を促され、ムキになった自分が恥ずかしくなる。菜央がむっつりと黙り込んでしまうと、室生はそれ以上からかうのをやめて素直に答えを口にした。

『彗は、うちの組長の長男だ。今年で二十一歳になる』

『え……』

『生まれつき身体が弱くて、学校へもほとんど通えていない。一年の半分は入院しているか寝ているような生活で、当然ながら同年代の友人も一人もいない』

『長男って、一ノ瀬組の跡目候補って言われてるんじゃ…』

『それは、次男の響の方だ。彼らは一卵性双生児なんだ』

『双子……』

そこまでは優哉も教えてくれなかったので、菜央はしばらく絶句する。室生が持ちかけたバイトなら、断れる可能性はゼロに等しいだろう。だが、組長の息子のお守りともなれば、事態はますます面倒になりそうだ。今までの生活もまっとうとは言い難かったが、これで完《かん》璧《ぺき》にカタギとはおさらばなのか…と、気持ちがすっかり暗くなってしまった。

『そう深刻に考えるな』

菜央の顔つきを見て、察しのいい室生が意地悪く微笑する。

『彗は、ヤクザとは関係ない。実家が、たまたまヤクザだっただけだ』

『そんな風に言ったって、〝たまたまパン屋だった〟って場合とは違うじゃないか…』

『いい子だぞ。頭もいいし、性格も優しい。響が極度のブラコンで少し煩《うるさ》くするかもしれないが、きっとおまえも彗なら気に入るだろう。どうだ、割のいいバイトだと思うが？』

親しみをこめた説明は、まるで実の弟でも紹介しているようだ。普段は皮肉屋でいけすかない男のくせにこんな普通の感情もあるのかと、菜央は複雑な気分に襲われた。

結局は選択の余地などなく、一抹の不安を抱えたままバイトを承諾させられる。その代わり、バイト中は室生のマンションに住んでもいいということになった。とりあえず路頭に迷わなくても済んだので、菜央はこれも運命かと諦める。彗がどういう人物かは知らないが、あの室生にあそこまで言わせるなら、よほど可愛がられているのだろう。

（まぁ、組長の息子なんだから大事にされて当然だろうけど…なんか…なんかな…）

少しずつ星の輪郭が曖昧《あいまい》になり、菜央自身が夜空へ吸い込まれていきそうになる。眠りに落ちる直前、不安な未来を暗示するように傷口が微かに痛んだ。


「君が、龍ちゃんの言ってた子？　なんだか、大変な目にあったんだって？」

お手伝いの女性に案内され、覚悟を決めて菜央が障子を開いた途端、和装の寝巻き姿の青年が布団の中からにっこりと笑いかけてくる。広い和室は障子の窓越しに柔らかな光が満ち、ヤクザの組長が住む屋敷とは思えないほど清浄な空気に包まれていた。

「どうぞ、近くに座って。君が来るのを、楽しみに待っていたんだ」

「し…失礼します」

かしこまって一礼すると、何がおかしかったのか彼は軽い笑い声をたてる。いつもの菜央ならムッとするところだったが、声に嫌味がないせいか不思議と気にならなかった。

「え…と……」

遠慮がちに布団の脇に腰を下ろし、何を話したらいいのかと考える。仮にも話し相手として雇われたのだから、ダンマリを決め込むわけにはいかなかった。しかし病弱な青年とは別の意味で、菜央は同年代の同性との接触が極端に少ない。食い物にしてきたのは年上ばかりで、施設時代から友達なんて一人もいなかったからだ。しばらく途方に暮れていたら、静かに上半身を起こした青年が、ドキリとするくらい細い右腕を差し出してきた。

「はじめまして。僕は一ノ瀬彗」

「俺は…」

「知ってる。神崎菜央くんだよね。僕より二つ下の十九歳。この間まで、優先生のところにいたんだろう？　あの人、あたりは柔らかいけど人の好き嫌いが激しいんだ。でも、菜央くんのことは可愛がってたみたいだって聞いたから、ぜひ会ってみたいと思ってた」

「や、世話にはなったけど…別に、可愛がられてたってわけじゃ…」

なんだか話が大袈裟になってるなぁ、と苦笑いしつつ、菜央はやんわり否定する。だが、彗は線の細い儚《はかな》い見かけに反して茶目っ気たっぷりの笑顔で言った。

「だって、菜央くんが退院した時、彼は龍ちゃんに連絡までして引き止めたんでしょう？

本来は、そんなお節介を焼く人じゃないんだよ。お陰で、僕の弟が…」

「弟？」

「あれ、龍ちゃんから聞いてない？　僕には、響って双子の弟がいるんだ。僕がこんな身体だから家のことは全部彼に任せきりで、世話役の龍ちゃんにもだいぶ面倒かけてるけど」

「さっきからずっと気になってんだけどさ、その…龍ちゃんって…室生のこと？」

　菜央がおずおずと問いかけると、彗は屈託なく「そう」と頷く。細面で優しげな表情は、どこか一輪差しに活《い》けられた孤独で甘い花を連想させた。

「龍ちゃんはね、事情があって子どもの頃はウチで育ったんだよ」

　小さな秘密を打ち明けるように、彗が少し顔を近づけてきた。

「だから、僕や響にとっては兄みたいな存在なんだ。でも、彼をちゃんづけで呼ぶ人間は、もう他にはいなくなったけど。僕と違って、響は父の組で働いているからケジメが必要なんだって。そういえば、菜央くんはなんて呼んでるの？　しばらくの間、龍ちゃんと暮らすって話だけど」

「えっと、大体は〝室生さん〟かな。そういや、俺はあいつから名前を呼ばれたことないなぁ。なんか、いつも偉そうに〝おまえ〟とか言いやがって…」

「あいつ？　龍ちゃんを〝あいつ〟呼ばわりしてる人、初めて見た。菜央くん、けっこう大物だね。皆、あの目つきに脅えちゃって、すぐ腰が引けちゃうのに」

大発見だとでも言いたげに、彗が声を弾ませる。この調子なら仲良くなれそうだと、菜央はホッと緊張を解いた。年上らしい落ち着きは感じるものの、世間ズレしていないせいか彗の反応は穏やかで温かい。駆け引きばかりしてきた菜央には多少居心地の悪いところもあったが、それも話している間に消えてしまった。

途中でお茶を運んできたお手伝いの女性が、二人が楽しそうに会話するのを見て微笑ましげな顔をする。なんでも、彗は先週まで熱を出して寝込んでいて、ろくに食事も取れないほど元気がなかったのだそうだ。今も寝たり起きたりの生活だが、これから毎日菜央が来てくれるなら早く布団から離れられそうだと彼は笑って言った。

とりとめのない話題でひとしきり盛り上がり、気がつけばもう約束の時間だ。あまり長時間だと彗が疲れるので、様子を見ながら少しずつ調節していけと室生に言われていた。とりあえず初日の今日は午後の三時間をバイトに当てていたのだが、菜央が時計を見るたびに彗が悲しそうな顔をするのでなかなか帰ると切り出せない。どうしようか、と迷っていた時、不意に障子の向こうで聞き慣れない声がした。

「彗、今帰った。開けるぞ？」

許可も得ないうちにスッと障子が横に開き、場違いな雰囲気の青年が入ってくる。黒い革のライダースジャケットと、ブランド物のクラッシュジーンズ。背格好は菜央とさほど変わらないが、王者のような威圧感と獰猛《どうもう》な光を秘めた漆黒の目が彼を実際より大柄に見せてい

た。

だが、何より菜央を驚かせたのはその顔だ。青年は紛れもなく彗と同じ顔をしていた。猛々《たけだけ》しい表情は天と地ほどの違いがあったが。

「おかえり、響。どうしたの、こんなに早く」

「どうしたもこうしたもないだろ。室生が用意した話し相手ってのがどんな奴か、面を拝みに来たんだよ。使えねぇ男なら、とっとと追い返してやらないとな」

「そんな…菜央くんに失礼じゃないか」

彗の文句を聞き流し、響は値踏みするような視線でこちらを見下ろしてくる。これが噂に聞く跡目候補か、と菜央は胸で呟き、キッと居住まいを正して真《ま》っ直《す》ぐ彼を睨み返した。ヤクザだかなんだか知らないが、初対面の相手に舐《な》められるのは我慢ならない。自分の財産は美貌とプライドだけなので、誰であろうと傷つけられたくはなかった。

「…ふん。負けん気だけは一人前かよ」

「響！」

「わかったよ。彗が気に入ったんなら、俺がとやかく言う問題じゃないしな。だけど、おまえ本当に他人へ取り入るのが上手いよなぁ。さすが、三流とはいえジゴロやってただけのことはあるよ。その点は、素直に認めてやる」

両腕を組んでうそぶく響に、菜央は怒りよりも先に疑問を抱く。確かに、室生から「響はブラコンだから煩い」と釘を刺されてはいたが、どうも最初から強い敵意を感じるのだ。いくら兄が心配だからといって、そこまで思い込めるものだろうか。

「取り入るのが上手いって、それどういう意味だよ」

菜央が負けじと言い返すと、響はふっと瞳を歪《ゆが》めて口を開いた。

「とぼけんな。おまえ、優哉んとこで入院してただろう。あのヤブ医者をたぶらかして、次は俺の側近の室生か。俺の知る限り、どっちも容易に他人を懐《ふところ》に入れる男じゃない。一体、どんな手を使ったんだか」

「なんだと…」

「初めに言っておく。あいつらだけならまだしも、彗におかしな真似をしたら冗談でなくおまえを殺してやるからな。そのことを、肝に銘《めい》じておけよ」

「………」

物騒な宣言の後、響は室生と同じ目を見せる。

酷薄で底冷えのする、一切の感情を消した闇色の瞳。間違いなく二人は同類だと、菜央が思い知らされた瞬間だった。

「響、いい加減にしなよ。それ以上菜央くんに失礼なこと言うなら出ていって。大体、素人相手に凄《すご》んでみせるなんてチンピラのやることじゃないか」

「だけど、彗。現に、こいつは小綺麗な顔を利用して…」

「聞きたくない。響は、菜央くんが優先生のところにいたから面白くないだけでしょう。何が気に入らないんだか知らないけど、いちいち優先生に過剰反応するのはやめなよ」

「お、俺は別に…」

愛する兄に冷たくあしらわれ、響は途中で言葉に詰まる。それでも喧嘩はしたくないらしく、渋々と菜央から視線を外してため息をついた。

「悪かったな」

口の中でボソリと呟いてから、彼は布団の傍らに置かれたカーディガンを拾い上げる。それを大事そうに彗の肩へ羽織らせる姿は、まるきり飼い慣らされた猫のようだった。

「もう夕方になる。冷えるから、あったかくしておけよ」

「…うん。ありがとう」

「おまえも、今日はもう帰れ。室生なら、今夜は遅くなるはずだ。あいつに任せている店でトラブルがあって、その事後処理にあたってるからな」

これ以上馴《な》れ馴《な》れしくするなと言わんばかりに、兄の華奢《きゃしゃ》な肩を抱いたまま響がつっけんどんな口をきく。弟の熱愛ぶりに彗も根負けしたらしく、（ごめんね）と目で謝ってきた。

仕方なく菜央は立ち上がり、明日の時間を確認して退出する。一瞬、極道の目つきをしてみせたものの、やっぱり身内の前では素に戻るんだなぁ、となんだかしみじみしてしまった。

（そんなにいいもんかな…家族って…）

マンションへ帰る道すがら、菜央はボンヤリ響と彗のことを考える。同じ顔をしているので見ていて奇妙な気分にかられはしたが、ほんの少し彼らが羨《うらや》ましくもあった。

(でも、あの響って奴は話に聞いた以上のブラコンだよな。まぁ、彗みたいな兄さんじゃ目が離せなくなる気持ちもわからなくはないけど)

病弱ということを抜きにしても、彗にはなんとなく放っておけない雰囲気がある。あまりに印象が儚くて、何かで繋ぎ止めておかないとフイに消えてしまいそうなのだ。実際に話してみれば見かけほど弱くはなく、響を叱り飛ばす口調はむしろきついくらいなのに、その微笑は透明感に満ちていて余計に見る者の不安を煽った。

(室生の奴も、彗のことは可愛がってるみたいだもんな)

それも無理はない、と納得しつつも、菜央の心はチクリと痛んだ。顔と身体を武器にさんざん他人にたかってきて、挙げ句に刺された自分とはなんて違いだろう。そう思うと、響の胡散臭げな視線や室生の無愛想な態度も当たり前のような気がしてきてしまう。

菜央だって、できれば普通の家庭で育ちたかった。虚勢を張って「顔が取り柄」なんてうそぶいてはいるが、結局は自分自身しか頼れるものがなかっただけのことだ。他人から慈しまれたり、無償の好意を寄せられたり、そういう人間になれたらどんなにいいかと思う。

(そうしたら…室生も、ちょっとはマシな顔を見せてくれたかな…)

思わずそう呟いた自分を、菜央は慌てて戒めた。あんなに「誤解するな」と言われているのに、あの男に何かを期待するなんて愚かなことだ。室生は彗が心配で、たまたま同年代の菜央が適任と考えて話し相手のバイトを依頼した。同居はその交換条件で、それだって部屋を探したり借りたりするのが面倒だったからに違いない。第一、あんな最悪な出会い方をして好感など持たれるはずもなかった。

今更、他の人生をやり直せるとも思えない。

どうせ二ヵ月で終わる生活だ、と菜央は自分へ言い聞かせた。


響が言った通り、その日の室生は帰宅が午前に近かった。

「なんだ、何も食ってないのか？」

利用した跡の見られないキッチンに気づき、室生が呆れた声を出す。同居のルールとして互いの生活には干渉せず、従って食事もバラバラに取るのが前提だったので、開口一番そんなセリフを言われるとは菜央は夢にも思っていなかった。

「どうした？　当座に使える金は、昨日渡しておいただろう？」

「え、ああ…まぁ…」

「一体、何をやっていたんだ。彗はどうだった？」

矢継ぎ早の質問に、ますます菜央は面食らう。室生はアルコールと水しか入っていない冷蔵庫を覗き、次いでストッカーを開けて少しも減っていないパンを確認すると、カウンター越しにリビングの方へ視線を向けてきた。

「ボケッとしていないで質問に答えろ、クソガキ」

「あのなぁ、俺には菜央って名前が…」

「そんなことはどうでもいい。今日の報告を聞かせろ。それが、おまえの義務だ」

ネクタイに指をかけて緩めながら、片手にジンの瓶とグラスを持った室生が不機嫌そうにこちらへ歩いてくる。彼が帰宅する直前までソファでうたた寝していた菜央は、急いで場所をずらすと室生との間に距離をつくった。

（なんだか、こうして見ていると…マジでヤクザとは思えないよな）

チラリと横目で確認すると、室生は水も氷も使わずにジンを喉《のど》へ流し込んでいる。微かな疲労の浮かんだ横顔には、迂闊《うかつ》に声をかけるのをためらわせるものがあった。響の言う「店でのトラブル」が何かはわからないが、上手く片付いたのだろうか。尋ねてみたい気もしたが、どうせ冷ややかな目で見られて終わりに決まっていた。

「あの、彗は気に入ってくれたみたいだよ」

仕方がないので、菜央は自分から先に口を開く。それを聞いた室生はグラスを傾ける手を止めると、表情を変えずに「そうじゃない」と意味不明の言葉を発した。

「そ、そうじゃないって…一体どういう…」

「答える順番が違うだろう。俺の最初の質問は、〝何も食ってないのか〟だ」

「………」

「彗のことは、その後だ」

ぶっきらぼうな物言いは変わらなかったが、菜央の胸を温かな感情が支配する。我ながら子どもっぽいとは思うが、彗のことよりも先に自分を気にかけてくれたのが嬉《うれ》しかった。室生の表情からは少しも労《いたわ》りや優しさは汲《く》み取れなかったが、そんな目に見える事実より声に潜む真実の方がずっと大切に思えた。

「ポテトチップス、部屋で食べたんだ。そしたら、腹が膨れちゃって」

「おまえ、スナックで生きてるのか。やっぱりガキだな」

「なんだよ、文句言うなら訊くなよなぁ。屋根は貸してもらってるけど、あんた俺の保護者でもなんでもないんだろ。大体、ヤクザに説教される謂《いわ》れは…」

「説教じゃない。呆れているだけだ。それに、二言目にはヤクザを連呼するのはやめろ」

「そっちこそ、すぐにガキって言うのやめてくれよ」

すかさず菜央が言い返すと、室生は一瞬黙ってからおもむろに笑い出した。子ども相手にムキになった自分が余程おかしかったのか、彼にしては珍しく明るいトーンで笑っている。やがて室生は愉快そうにグラスの残りを飲み干すと、不意にソファから立ち上がった。

「ついてこい、買い物に行くぞ」

「は？　今から？」

「近くに、二十四時間営業のフードストアがある。栄養失調で優哉のところへ逆戻りされたら、俺のメンツは丸潰れだ。おまえは、昨日退院したばかりなんだからな」

「室生さん……」

意外な展開に、菜央はただ呆気《あっけ》に取られるばかりだ。

真夜中のフードストアに年下の男を連れて買い物に行く室生など、一体誰が想像できるだろう。もし舎弟の宮下あたりが見たら、幻滅して田舎《いなか》へ帰りたくなるかもしれない。それでなくても室生のマンションは生活感がなく、そこが彼の雰囲気ともよく合っているのだ。

（それを…ブチ壊しちゃっていいのか？　俺が…俺のために…）

つくづく、行動の読めない男だ。

そんな菜央の戸惑いなど知らぬげに、玄関から「早くしろ」と鋭い声が飛んできた。

3

一週間もすると、菜央のバイトは一日三時間から四時間へ延長が決まった。出迎える彗も布団から起きている時間が長くなり、最近ではすっかり顔色もよくなったようだ。響は相変わらず部屋を覗いては兄への過保護ぶりを発揮したり嫌味な捨てゼリフを吐いていくが、勝ち気な菜央と言い合うのをけっこう面白がっているらしかった。

「明後日はクリスマスイブだね。菜央は何か予定があるの？」

「彗こそ、パーティとかやったりしないのかよ」

初対面の時から意気投合した二人は、今ではお互いを呼び捨てにしている。今も彗の部屋で洋画のＤＶＤを観《み》ながら、優雅にお茶など飲んでいるところだった。

「これだけデカい屋敷だったら、盛大なパーティが開けるだろ。ちょっと和風すぎて、雰囲気は出ないかもしれないけどさ」

「そういえば、母親が生きていた頃は誕生会とかやったなぁ。でも、ヤクザの家がクリスマスっていうのも、なんだか変な感じじゃない？　菜央は、毎年どうしてるの？」

「別に何も。女子どもじゃあるまいし、いちいちイベントで浮かれていられるかよ」

育ちのせいか、菜央はどうしてもシビアになりがちだ。金ヅル相手へのサービスから楽しんでいる振りはしてきたが、物心ついた時にはすでにサンタの存在を鼻で笑うガキだった。そういう態度は可愛げがないことも知っているし、あまり人には好かれない。だから、適当にハシャいで貰うものだけは貰って、なるべく地を出さないように気をつけた。

「でも、今は彗や室生に媚売ったって仕方ないからな」

「菜央……」

目に媚がある、と言った室生の一言を、菜央は密《ひそ》かに引きずっている。他人に取り入るのを生業《なりわい》にしてきたのだから仕方ないが、できれば二度とそんな風に言われたくなかった。

「僕は…」

小さなコンプレックスを感じ取ったのか、不意に彗が真面目な顔をつくる。彼はテレビからこちらへ向き直ると、欠片《かけら》も茶化《ちゃか》せない声音で言った。

「僕は、菜央を綺麗だと思うよ」

「え？」

「本当だよ。君はとても綺麗なんだから、他人へ媚《こ》びる必要なんて少しもないよ」

「…………」

真剣な様子で訴えられて、あまりの真っ直ぐさに「ありがとう」さえ言えなくなる。それでも、彗の言葉だから素直に聞くことができた。恥ずかしくなった菜央は急いで話題を変えようとし、そういえばクリスマスの話をしていたんだと思い出す。こちらの予定を尋ねてきたからには、彗にも何か考えがあるのかもしれない。手にしたカップを脚の低いテーブルへ戻すと、菜央はゆっくりと彗を見返した。

「彗、もしかしてクリスマスに何かしたいのか？」

「僕が？」

「ああ。どこか行きたい場所とか、見てみたいものとかあるなら俺に言えよ。どうせ、俺は予定も約束もないしさ。もし彗が望んでることがあるなら、できるだけ力になってやる。この家の奴らは、響も含めておまえを絶対屋敷から出そうとしないもんな」

菜央の言葉は、決して大袈裟ではない。彗は屋敷内を自由に歩き回ることはできるが、外出に関してはなかなか家人の許可が下りないのだ。そんな風に閉じこもるから余計に弱くなるんだと菜央は主張するが、出先で風邪をうつされて肺炎を起こしたり、貧血で動けなくなったところを車に轢《ひ》かれそうになったり、今までろくな目に逢わなかったらしい。おまけに、外出時に組の人間がついていくのを彗が嫌うため、ますます出してもらえないのだった。

「ありがとう、菜央」

彗が、にっこりと嬉しそうに微笑んだ。

「龍ちゃんには、大感謝だな。菜央を、僕のところへ連れてきてくれて」

「あ、誤解すんなよ。俺は、金を貰ってるから言ったわけじゃ…」

「わかってる。菜央って、なんだか不思議だよね。龍ちゃんが言った通りだった」

「あいつが…なんだって？」

聞き捨てならないセリフに、菜央の目許《めもと》が微かに強張る。同じマンションに起居していながら、室生と顔を合わせる時間は本当に短かった。就寝前に一日の簡単な報告と翌日の予定を確認するくらいで、無駄な話などほとんどしない。一度食事のことで文句をつけられてからはきちんと夕食も食べるようにしているので、一緒に買い物へ出ることもなかった。

「彗は、よく室生と会ってるのか？」

「会ってるっていうか、響に仕事の報告がてら顔を見せたりはしてくれるよ。響が組から任されている幾つかの会社を、実質上動かしているのは彼だからね。大体が水商売だけど、女性が多いからトラブルとか絶えないらしくて。他にも、響が資本を出して金融とか不動産業とかいろいろ手広くやっているみたい」

「そっか。俺、ヤクザってあんなに働く人種とは思わなかったよ。だって、室生の奴ほとんど家にいないんだぜ。夜中に帰ってきて、朝にはもう出かけてるし。通いのお手伝いさんがいるんだけどさ、そのおばさんと会ってる方が多いくらいだよ」

「龍ちゃんは、特別かもしれないね。でも、菜央のことは気にかけてるみたいだよ」

「あいつが俺を？　冗談だろ」

耳を疑う言葉を聞かされ、菜央は反射的に笑い飛ばしてしまう。もしそれが真実なら、あのつっけんどんな態度はなんなのだろう。引き止めたのは向こうだし、仮にも同居している仲なのだから、もうちょっと普通に接してくれてもバチは当たらないはずだ。

「あの男は、初めっから俺を三流ジゴロだってバカにしてたからな。まともに相手なんかするのは、時間の無駄だと思ってるんだ」

「そんな…」

「いいから、話を戻そうぜ。彗、どこへ行きたいんだ？」

改めて問いかけると、どうしたことか彗の顔がほんのり朱に染まる。何か赤くなるようなこと言ったっけ…と菜央が首を傾《かし》げていると、いつの間にか終わっていたDVDからエンドロールと軽やかな音楽が流れ始めた。

「…サントラを返したいんだ」

ポツリと、勇気を振り絞ったように彗が呟く。

「ある人からこの映画を勧められて、それでサントラまで貸してくれて。でも、もう何ヵ月も前のことだから、なかなか返せない僕のこと怒ってるかもしれないけど」

「ある人って…？」

菜央は、少なからず驚いていた。自分が話し相手として雇われたのは彗に友人がいないからだと聞いていたのに、CDの貸し借りや映画の話をする相手がいたなんて初耳だ。

「菜央、お願いがあるんだ。僕、その人に会いたい。会って話がしたいんだ」

「彗……」

「なんとか、協力してくれないかな。この頃は体調もいいし、出歩いても菜央に迷惑はかけないで済むはずだから。その人、クリスマスは珍しく休みだってメールに書いてあったんだ。不規則な仕事の人だし、これを逃すと次はいつ会えるかわかんないし…」

どうやら、彗にとってCDはまったくの口実らしい。いつもたおやかに微笑している彼の必死な表情に、自然と頬を緩めながら菜央は思った。

彗は、「その人」に会いたいのだ。会って、何をどうするつもりかは知らないが、クリスマスを逃すと次はいつになるかわからないので焦っているのだろう。

「協力するのは構わないけど、それなら俺が屋敷まで連れてきてやろうか？」

「そ、それは…」

「ん？」

わざわざリスクを負って外出するよりは、と菜央なりに気を利かせたつもりだったが、何故だか彗は顔を曇らせる。やがて、彼は意を決したように唇を嚙むと、今までになく悲愴な様子でこちらへ身を乗り出してきた。

「ダメなんだ。彼をウチに呼ぶことは、絶対にできないんだよ」

「彼？　なんだ、相手は男か。どうしたよ、家がヤクザだって知らないのか？」

「それもあるけど…もっと面倒なことがあって…」

決心が途中でぐらついたのか、少しだけ彗は言い淀む。

それから、覚悟を決めたように菜央を見据えて、再び唇を動かした。

「刑事なんだ」

「え……」

「その人、少年課の刑事さん——なんだ」


彗から衝撃の告白をされた晩、珍しく室生が早めに帰宅した。

だが、彼は玄関まで迎えに出た菜央を見るなり、怪訝《けげん》そうに眉をひそめる。普段はろくに顔も合わせないくせに、こちらの微妙な変化を絶対に見逃さない男なのだ。まずいかも、と思った時には遅く、回れ右で逃げかけた襟首を猫の仔《こ》よろしく捕まえられてしまった。

「何があった？」

「な、何がって？」

「とぼけるな。昼間、何かあったんだろう。どうした、彗に関係あることか？」

「そんな怖い顔して睨まなくても…何もないってば、マジで」

とぼけた返答に業を煮やしたのか、室生は問答無用で襟ごと乱暴に引き寄せる。ごまかしが利かない距離で視線が絡み、菜央は反射的に息を飲んだ。室生の体温を間近で感じた途端、いつぞや口づけられた感覚がいきなり身内に蘇る。予想外の事態に困惑し、慌ててその手を押し退《の》けようとしたが、もちろん敵《かな》うはずもなかった。

「どうした？　俺に知られたらまずいことなのか？」

「べ…別に、俺は何も…」

「ふぅん」

こちらの動揺などお見通しなくせに、白々しい口をきくところが憎らしい。からかうような眼差しは、久しぶりに彼が嫌な奴だということを菜央に思い出させてくれた。こんなことなら殊勝に出迎えたりしなければよかった、と後悔したがもう遅い。口先では本気に取らなかったが、彗の「龍ちゃんは、菜央を気にかけている」という言葉が満更でもなかったために、いらぬ展開を招いてしまった。

「あの…いつまで玄関でこうしてるつもりだよ？」

「おまえが、正直に話すまでだ」

「じょ、冗談だろ」

気がつけば、室生の腕は背後からしっかりと身体に回されている。身じろぎ一つ自由にできなくなった菜央は、思わず彗と神様を恨みたくなってきた。

「なぁ、ここ寒くない？　話ならリビングでしようよ」

仕方がないので、しおらしい声で反応を窺《うかが》ってみる。長身の室生とは頭一つ分差があるので、彼が漏らす微かな笑い声はまるで天から降ってくるようだった。

「俺の、気のせいじゃなければ」

「え？」

「おまえの身体は、冷えるどころかずいぶん熱くなっているようだ。どうした、風邪でもひいて熱を出したか？　言っておくが、彗には絶対にうつすなよ。咳《せき》一つが、あいつには命取りになるんだ。おまえが寝込む分には構わないが…」

「…うるせぇよ」

単なる意地悪だとわかってはいたが、彗を引き合いに出さなくてもよさそうなものだ。目の眩《くら》むようなキスをされたり、抱きしめる腕とは裏腹の冷たい言葉を浴びせられるなんて、どんなプレイなんだと菜央は毒づきたくなった。確かに自分はすれた人間だが、何を言われても平気なわけじゃない。室生にとっては価値のない存在かもしれないが、それをあからさまに言葉にされれば一人前に傷つくのだ。

「離せよ」

無理に身をよじって、なんとか縛めを解こうと試みる。落ち込んだ顔など、死んでも室生には見られたくなかった。しかし、余裕たっぷりの彼が容易にそれを許すはずもない。彗の頼み事をバラすわけにはいかないし、下手なごまかしも通用しないとなると、一体どうやって傲慢な腕から逃げ出せばいいのだろう。

「離せよ、室生っ。離せってばっ」

「生意気に、呼び捨てか。まぁ、〝あんた〟よりマシかもしれないな」

「どうでもいいから、早く離せっ。大の大人が、俺なんか相手にムキになんなよっ」

「おまえだって、来年には成人だろう」

「へ、屁理屈《へりくつ》を…」

抗えば抗うほど相手を面白がらせるだけなのに、どうしても冷めた顔を装えない。それでもおまえはジゴロかと、菜央は自分自身を情けなく思った。見てくれに恵まれたお陰で、大した苦労もなくカモを見つけてきたツケが回ってきたようだ。

それとも、と菜央はふと弱気になった。

相手が室生だから、上手くいかないのだろうか。

(こいつとは、出会い方がまずかったしな…)

一番みっともない場面を見られている以上、今更カッコのつけようがない。挙げ句に唇を奪われて、不覚にも一瞬我を失いかけた。あの時から、「こいつには絶対に勝てない」と運命づけられてしまったのかもしれない。

「どうした？　もう降参か？」

不意におとなしくなった菜央に、室生が笑みの滲んだ声をかける。いい加減、彼もふざけるのに飽きたのだろう。ゆっくりと腕が解かれ、二人の間に僅かな隙間が生まれた。

「おい、おまえ…？」

自由になったのにも拘《かかわ》らず、菜央はずっと俯《うつむ》いたままだ。室生の両手が再び肩に置かれ、そのまま軽く身体を揺さぶってきた。なんだ、最初からこうすればよかったのか、と心の隅で呟いてみたが、どうしたことか動く元気が出てこない。離れてしまった温もりが、より一層菜央を孤独な気持ちにさせていた。

（孤独って…何言ってんだ。もともと、俺は一人じゃん…）

早く頭を上げなくては。きつい目つきで室生を睨み返し、憎まれ口の一つも言わないと全然自分らしくない。きっと、向こうだってそれを期待しているだろう。今、本気で室生と揉《も》めるのはどう考えても賢くなかった。年末も差し迫ったこの時期に、部屋を追い出されたら行くところがない。

「おまえ、じゃねぇよ…」

頼りなく目線を上げ、必死に勝ち気な顔を取り繕った。

「俺の名前は、おまえじゃなくて」

「どうでもいいだろう、そんなこと」

「………」

素っ気ない返事に胸を貫かれ、菜央は声が出せなくなる。どうでもいい、と言われてしまえば、その通りだと頷くしかなかった。沈んだ心を悟られないように、急いで無愛想な瞳から視線を外す。脆《もろ》い表情が出ないうちに、リビングへ戻った方が得策だった。

バカなことを口走った、と苦い思いを抱えて背中を向ける。その手首を室生に摑まれた時も、まさか引き止められているとは思わなかった。

「な…何…?」

「…菜央」

「え……?」

空耳かと思うほど小さな囁きが、微かに耳元へ流れてくる。

けれど、訊き返すことはできなかった。

一度離れた腕に抱きしめられ、呼吸ごと唇を塞《ふさ》がれていたからだ。

「……ん…っ」

甘い微熱に支配され、菜央は素直に口づけを受け入れる。突然のことなのに、不思議と抵抗は感じなかった。初めて呼ばれた名前が、理性を上手に蕩《とろ》かせたのかもしれない。それとも、自分が心のどこかで望んでいた瞬間だからだろうか。

「ん…んん…っ…」

荒々しく貪《むさぼ》られるたびに、芯まで犯されていく気がする。舌の交わる淫《みだ》らな音が、冷えた肌に染み込んで新たな火照《ほて》りを生んでいった。菜央は室生の胸に倒れ込み、その腕に支えられながら極上の口づけに酔いしれる。求められるままに唇を開き、蹂躙《じゅうりん》される悦《よろこ》びに震える一方で、胸に生まれた痛みにも必死で耐え続けなければならなかった。

好きになったらダメだ——そう、懸命に自分へ言い聞かせる。

室生が何度仕掛けてこようと、それは気まぐれか、同情か、嫌がらせだ。菜央がどんな生活をしていたか、彼はちゃんと知っている。キス一つで恋に落ちるようなバカだとは、よもや思っていないだろう。菜央だって、男相手に本気になって傷つくのはごめんだ。

（だから…俺は好きになったりしない。絶対に…しない…）

そんな決心をあざ笑うように、菜央の指は室生の背中にしがみつく。

唇の隙間から何度も名前を呼んでいる事実にも、もちろん気づいてはいなかった。


ほらよ、と出されたマグカップを見て、室生は伸ばしかけた手を一瞬止める。白い陶器にプリントされていたのが、有名なアニメのクマだったからだ。蜂蜜《はちみつ》の壺《つぼ》を脇に抱え、笑顔で右前足を舐めている絵柄は、今の気分にも医療器具が溢れる周囲からも激しく浮いていた。

「なんだよ、別に無理して飲まなくてもいいんだよ？」

「いや…素朴な疑問なんだが、優哉はどこでこんなカップを入手してくるんだ」

「それは、パン屋さんのノベルティ。ついてるシールを集めると、貰えるんだよ。いいだろ、

コーヒーさえ飲めればなんだって。それとも、ひと昔前のマンガみたいにビーカーで煮出してあげようか。あれ、試してみたけど今いちなんだよなぁ」

「試したのか…」

呆れながらカップを受け取り、渋々と口をつける。インスタントなので味に期待はしていなかったが、クマでなかったらもう少し落ち着いて味わえたのに、と思った。

「それで、菜央ちゃんの調子はどう？」

昼休み中の診察室は、優哉と室生以外に誰もいない。廊下には宮下を待たせてあるが、ここはいわば中立地帯のようなものなので、危険に晒《さら》される可能性は極めて低かった。実際、優哉は一ノ瀬組と対立する瀬川組の人間でも、別け隔てなく治療する。やわな見た目のわりに度胸が据わっているのは、この界隈でもよく知られた話だった。

「室生、どうしたんだよ。あんたらしくもなく、目が泳いでる」

「俺が？　何をバカなことを…」

「またまた。酒でも出せば、もう少し正直になったかなぁ」

背もたれつきの回転椅子《いす》に座り、優哉は楽しそうに椅子を左右に回している。頑固な室生から、本音を残らず引きずり出そうと企《たくら》んでいる顔だ。二人は高校の先輩・後輩という間柄だったが、室生にとっては年齢や立場を超えて唯一気を許せる相手であり、同時に一番油断ならない存在でもあった。

「真面目な話、菜央ちゃんが退院してもうすぐ十日だろ。一度、傷口の様子を診たいんだけどな。彗の話し相手なら身体に無理はかからないだろうけど、痛がってるとか熱を出したとか、どこか変わったところはない？」

「さぁ…どうかな。とりあえず、メシだけは食えと言ってある」

「あのねぇ…」

ぶっきらぼうな返事に絶句した後、優哉はこれみよがしなため息を漏らす。眼鏡越しの切れ長な瞳がスッと細められ、彼は腕組みをすると責めるように言った。

「あんた、なんでここへ来たんだよ。菜央ちゃんのことで、話があったんだろう？」

「………」

「そういえば、明日はクリスマスイブだな。まさか、菜央ちゃんへのプレゼントをどうしようとか、そんな乙女な相談をしにきたわけじゃ…」

「帰るぞ」

話しながら「ぷぷぷ…」と笑いを堪えている顔に腹を立て、室生は忌ま忌ましげに立ち上がる。普通の人間なら青くなるところだったが、優哉はまったく動じずにまぁまぁと笑顔で宥《なだ》めてきた。室生にしても、ここで短気を起こしたのではわざわざ訪ねてきた甲斐《かい》がない。

とりあえず持て余していたマグカップを乱暴に傍らへ置くと、憤然と椅子へ座り直した。

「クリスマスはともかくさ、年内に一度診察においでって言っておいて」

「わかった」

「安心しろよ。アフターサービスで、金は取らないからさ」

ふざけた奴め、と今度は口には出さずに胸で毒づく。

優哉は妙に勘が鋭く、人の気持ちを読んで先回りをする悪い癖があるのだ。菜央が退院した時に室生へ連絡してきたのもそうだし、その際に「彗の話し相手に」と入れ知恵をしたのも彼だった。彗にはちゃんと主治医が別にいるのだが、室生を通してちょくちょく病気のアドバイスをしたり相談に乗ってあげたりしていたので、彼が友人を欲していることも事前に知っていたのだろう。

菜央は明るいし、さばけていながら細かく気を配る優しさも兼ね備えている。おまけに天涯孤独で行くところはなく、彼自身が脛《すね》に傷持つ身なのでヤクザという背景にも引いたりしない、要するに「話し相手」としては実に理想的な人物だった。

「それに、いい口実だったよな？　治療費を楯に断れなくして、自分の元に留《とど》めておくにはさ。いくら拾った責任があるとはいえ、正直室生がそこまで情け深い奴だとは思わなかったんで驚いたよ。おまえ、自分が忙しくて来られないからって、毎日こっそり宮下くんを寄越《よこ》してたもんなぁ。俺が気づいてないとでも思った？」

「そのこと、あいつには…」

「言ってないって。菜央ちゃん、見舞いになんか来たら気色悪いって毒吐いてたし」

「…………」

「おまえ、菜央ちゃんと何かトラブったんだろう？」

いきなり核心を突かれて、室生は思わず言葉に詰まる。

「言っちゃえよ。彗に余計な人間を紹介したって、響が俺のところへ怒鳴り込んできたんだぜ？　あんたに肩入れしたお陰で、俺は二代目にますます嫌われたってわけだ」

「響が？」

そんな話は、初耳だ。確かに響はやたらと優哉を嫌っており、「医師免許もないヤブ医者のくせに、彗の身体の何がわかる」と普段から息まいているのだが、まさか供もつけずに乗り込んでいくとは思わなかった。

「危険な真似を…。それでなくても、今は阿久津が何をやらかすかわからないのに」

「二代目襲名は、年明けだろ？　菜央ちゃんのバイトを二ヵ月に区切ったのも、その時期に合わせたからだよな。響が跡目を継げば、あんたは組のナンバー2だ。周囲もゴタゴタするだろうし、素人がウロチョロするにはちょっとばかり危険だよなぁ」

「優哉、いい加減に黙れ」

相変わらず、驚くべき情報の早さだ。一ノ瀬組の二代目襲名は、いくら噂になっているとはいえまだ組長とごく一部の幹部しか知らされていない。まして正式な時期に関しては、息子の響ですら通達されていないのだ。

「やや劣勢な阿久津側は、ただでさえピリピリしているからな。瀬川組と通じて何か企んでるという情報もあるし、おまえは首を突っ込まずに黙って切ったり縫ったりしていろ」

「なんだよ、人を仕立屋みたいに…」

拗《す》ねた口調で肩をすくめてみせるが、優哉は分をわきまえた男だ。心配しなくても、上手く立ち回って降りかかる火の粉は避けるに違いない。

それよりも、室生の不安はもっと別のところにあった。

(本当のところ、こいつはどこまでわかっているんだ…?)

室生が責任感から菜央を引き止めたと、彼が本気で信じているはずがない。それでも建前を崩してこないのは、踏み込んだらまずい領域だと承知しているからなのだろう。そもそも、室生自身が自分の起こした気まぐれに困惑したままなのだ。部外者の優哉に、行動の真意が全て摑めるわけはなかった。

『室生さん……』

昨夜、勢いに任せて口づけた時、菜央は幾度も名前を呼んでいた。

まるで唇が離れるのを怖《おそ》れるように、隙間が生まれるたびに小さな声で繋ぎ止めようとする。その健気《けなげ》な反応が愛《いと》しくて、いつしか止めるに止められなくなっていた。そうして、菜央を抱きしめたまま、気がつけば床に座り込んだ状態で口づけをくり返していたのだ。

(…バカな真似をした。あんなガキに乗せられるなんて、いい笑い者だ)

どんなに苦々しい呟きを漏らしても、甘い余韻は唇から拭えない。菜央がボーッとしているのを幸い、嵐が去った後はその場に彼を残して寝室へ入ってしまったが、一晩たった今でもあの衝動は理解不能だった。それこそ、「魔がさした」としか言い様がない。泣きそうな目をして笑う菜央を見た時、たまらなく優しくしてやりたくなった。

(だからって…女相手じゃあるまいし、そこで普通キスするか?)

いっそのこと、菜央が女ならよかったのだ。ごちゃごちゃ余計な悩みを抱えず、男の本能に火がついたで説明がつく。第一、女だったら同居などしていないので、手の出しようもなかったはずだ。遊ぶ相手には不自由せず、好き好んで未成年の男を口説く必要など欠片もない自分が、たとえ一瞬でも理性を失ったという事実が室生は信じられなかった。

「あのさぁ、室生」

一人で考え込んでしまった室生に、優哉が遠慮がちな声をかけてくる。

「何があったんだか知らないけど、つまみ食いはするなよ?」

「え……」

「菜央ちゃんだよ。あの子、世間ズレしているようで割に不器用だからさ。食うなら、ちゃんと完食してやれって言ってるんだよ。他人の歯形がついた商品なんて、もう売り物にならないだろ。二ヵ月後には放り出すつもりなら、菜央ちゃんが仕事できなくなるような真似はするな。ヤクザ相手にナンセンスなセリフだけど、それが大人の分別ってもんだ」

「…………」

「さてと。俺、そろそろ午後の診療が始まるんだけど」

言いたいことだけ言うと、優哉はあっさりと話を切り上げてしまった。室生も言い返す気力が湧《わ》かず、コートを手に黙って立ち上がる。何かの答えを求めてここへ来たが、やはり優哉にはお見通しだったようだ。菜央をずっと手元に置く決心がつかない以上、深入りするのは誰にとっても不幸でしかなかった。

「あ、そうだ。さっき、ちらっと言ったことだけど」

「なんだ？」

「明日、クリスマスイブだろ。あんたには無関係な日だろうけど、もし気が向いたら夜にウチへ来いよ。もちろん、菜央ちゃんも連れてさ。近所の連中を集めて、ドンチャン騒ぎをする予定なんだ。ま、単なる飲み会だよ。ウチの患者、淋しい奴が多いから」

「…………」

「なんだったら、菜央ちゃんだけでもいいし」

室生の迷いを察してか、最後にそう付け加える。

クリスマスなんて考えたこともなかったが、そう悪くはない提案だった。

「考えておこう」

短く無愛想に答えると、室生は診察室を後にした。

「橘《たちばな》さんから、メールの返事が来たんだ。夕方の六時なら大丈夫だって」

「たちばなさん…？」

「やだなぁ、菜央。昨日話した、刑事さんだよ」

大事そうに携帯電話を握りしめた彗は、今まで見たこともないはしゃぎっぷりだ。今日は一際顔色も良く、響がプレゼントしてくれたという新しい丸首のセーターを着た姿は、華奢な身体つきとあいまってとても年上には見えない可愛らしさだった。

「どうしたの、菜央。僕のことボンヤリ見て」

「いや…彗は可愛くていいよなぁ」

「えっ」

「メール一つでそんなに喜ばれたら、なんだってしてやりたくなるよな」

壁に凭《もた》れかかって両膝を立て、菜央はしみじみとため息をつく。凶暴な響と同じ顔なのが信じられないくらい、彗の柔らかな表情は見る者の保護欲をそそった。別に童顔とか目が異様に大きいとか、そういうわかりやすい可愛さではないのだが、自分の中の一番綺麗な部分を教えてくれるような笑顔なのだ。

もし、俺が彗みたいに可愛かったら——つい、菜央はそんなことを考えてしまう。思わず守ってあげたくなるような、嫌味のない彗の態度。自分が彼のようだったら、室生も少しは優しくしてくれたかもしれない。少なくとも、キスの後で玄関へ置き去りにするような、そんな乱暴な扱いは受けなかっただろう。

「菜央、どうかしたの？　何かあった？」

「え、どうして？」

「だって、今日は様子がおかしいよ。なんだか、魂が抜けてるみたいな顔してる」

心配させてしまったらしく、彗はたちまち笑顔を引っ込める。せっかく楽しい気分だったのに悪いことしたな、と菜央は慌てて反省し、「ごめん、ごめん」と笑ってみせた。

「俺のことはいいからさ、橘って人のこと教えてくれよ。とりあえず、明日は俺が一緒に待ち合わせ場所まで行ってやるから、家族には室生のマンションにいるってことにしておこう。どうせあの男はいつもいないんだし、バレやしないよ」

「大丈夫かな…」

「しょうがないって。刑事と密会だなんて、さすがに誰にも言えないだろ」

菜央がおどけた口調で言うと、不安そうだった彗もようやく表情を和《やわ》らげる。昨日、クリスマスに会いたい相手が少年課の刑事だと聞かされた時は何かの冗談かと思ったが、彗は本当にその刑事と親しくメールのやり取りをしているようだった。

「もともと、僕が外で貧血起こしたのが始まりだったんだ」

促されるままに、彗は出会いから話し始める。それは今から半年近く前、まだ梅雨《つゆ》も明けきらない頃のことだった。

「僕、どうしても観たい美術展があって…平日で空《す》いている時間帯だったし、家からもそんなに遠くない会場だったから、皆の目を盗んでこっそり家を出たんだよ。正直に言うと、響か父さんが絶対に組の人をお供につけちゃうから。気持ちは有難いんだけど凄《すご》く目立つし、本当に観たらすぐ帰るつもりだった」

「ところが、帰り道で貧血起こして後ろから来た車に撥《は》ねられそうになった…と」

「うん。それを助けてくれたのが、橘さんだったんだ。幸い怪我もなかったし、貧血が収まるまで公園のベンチで横になれって言ってくれて、その間ずっと傍《そば》にいてくれた」

「ずいぶん、面倒見のいい刑事さんだな」

なんとなく引っかかるものを感じながら、菜央は渋い顔で腕を組む。実は「たちばな」という名前を聞いた時から嫌な予感がしていたのだが、まさかという思いと今一つ確信が持てなかったため口に出せなかったのだ。

「僕の容体が良くなってから、家の近くまで車で送ってくれて…その時に、いろいろ聞いたんだよ。転勤してきたばかりの刑事さんで、少年犯罪を専門に担当してるって。まだ引っ越してきて間もないんで、土地勘を養うために散歩していた最中で…」

とうとう、菜央はストップをかけた。

「ちょっと待て」

今、彗は「転勤してきたばかり」と言わなかったか？

「うん、そうだよ。前はM区にいたんだって。でも、急な人事異動があって飛ばされたって言ってたなぁ。なんでも、上司に捜査の内容で意見したらしくて…初対面の僕に、そんなことまで正直に話しちゃうんだよ。面白い人でしょう？」

「M区…たちばな…」

「それがきっかけで、メルアドの交換したんだ。CDはたまたま車内で橘さんがかけてて、僕がいい曲ですねって褒めたら…菜央？　どうかした？」

菜央の顔つきが不意に強張ったので、彗は狼狽《うろた》えて話をやめる。だが、すぐには返事ができなかった。あまりの偶然に、菜央自身がどう対処していいかわからなかったからだ。

「…俺、その刑事知ってる…」

「えっ？」

「橘和貴《かずたか》。三十そこそこの、ちょっと童顔でいかにも熱血そうな男だろ。背は室生より少し低めで、肩幅は意外とがっちりしてる。そう…犬にたとえるなら柴犬《しばいぬ》のような…」

「そうそう、柴犬！　…って、菜央の知り合いだったんだ？」

今度は、彗が驚く番だ。

彼は素早く両手を畳につくと、真剣な目で顔を覗き込んできた。

「菜央、M区にいたことあるの？」

「――ある」

仕方なく、菜央は頷いた。昨晩、室生に不意打ちのキスをされて、あれ以上衝撃的なことはないだろうと思っていたが、まだまだ甘かったことを思い知らされていた。

「橘は、中学時代に俺を補導した奴だ。それこそ、何度捕まったかわかんないくらい」

「菜央を…補導…」

「くそっ、やっと解放されたと思ってたのに。あいつ、この街に来てたのか…」


彗の屋敷を出た途端、菜央はドッと疲労に襲われる。俯いたら最後、二度と元気が出なくなりそうだったので、無理して夜空を見上げてみた。

「…寒…っ…」

真っ白なため息を目で追いながら、無意識に独り言が零《こぼ》れ落ちる。バイトは午後の二時から六時までの約束だが、明日の打ち合わせをしていたのでいつもより帰りが遅くなってしまった。彗は夕食を食べていけ、と誘ってくれたが、いわゆる『家庭の食卓』というシチュエーションに菜央は不慣れなため、どうにも居心地が悪くて食べた気がしない。適当な理由をつけて辞退し、帰りにいつもの弁当屋に寄るつもりだった。

『ほらほら、菜央はケーキが好きだろう？　だって、凄く似合うものなぁ』

ふと、自分を刺した男の口癖が脳裏を掠《かす》めて消えていく。菜央の甘い美貌には綺麗なお菓子や贅沢なケーキが相応《ふさわ》しいと言って、毎日嫌というほど買い込んできた。食べないと機嫌を損ねるので付き合ったが、あれも別れを決心した理由の一つだ。甘いものは嫌いではないが、相手に合わせて振る舞うのにも限度があった。

『ふざけるな、ふざけるな、ふざけるなぁっ！』

世間体も気にせずに激昂《げっこう》し、二度目には刃物まで持ち出した男。あんなに愛してくれたのに、菜央は彼のものにはなれなかった。男のキスは金に換算していたし、ベッドでは義務感だけで相手をした。本音で語った言葉は「そろそろ潮時」の一言だけで、後は全て嘘《うそ》っぱちだ。愛していなかったのだから、真実など混ざるはずもなかった。

「刺されて…当たり前だったのかなぁ…」

昨夜からへこんでいるせいか、柄にもなく気弱になっている。今まで他人を利用して、その愛情を食い物にしながら生きてきたのだから、誰にも愛されないといって落ち込む資格などありはしないのだ。そう、しがみついた指を引き剝《は》がされ、冷たい床に取り残されても、それは自業自得というものだった。

バイトの期限は、二ヵ月だ。彗はずっと続けてほしいと言い、室生との契約が切れたら今度は自分が雇うと張り切っているが、菜央はその申し出を断るつもりでいる。彗とはもう友達なので、治療費さえ返し終わったら今度は金の絡まない付き合いをしたかったからだ。だが、元の生活に戻ったらそれも難しいかもしれない。大抵の人間は菜央を独占したがるので、定期的に彗と会うのを好まないだろう。まして、相手が一ノ瀬組組長の息子ともなれば、付き合い自体を禁止される可能性だってある。

「だからって、今更まっとうな仕事なんか就けるわけないし…」

「まっとうな仕事だと？　てめぇ、すっとぼけたこと言ってんじゃねぇよ」

突然、刺々《とげとげ》しい声が背後から突き刺さった。ギョッとして後ろを振り向いた菜央は、射抜くような鋭い眼差しとまともに瞳が合う。膝丈の黒革のコートに身を包み、偉そうに腕を組んでこちらを睨みつけているのは、紛れもなく彗の双子の弟、響だった。

「人ん家《ち》の前で、いつまでもボンヤリ突っ立ってんじゃねぇ。新手の鉄砲玉かと思うだろ」

「鉄砲玉？　ホントに？」

「…何、満更でもなさそうな顔してんだよ」

「だって、そんな風に見られたことないから新鮮じゃん。少しは、俺も室生さんに影響されてきたのかな。ま、あいつも見た目はエリートビジネスマンって感じだけどな」

とぼけたセリフに面食らったのか、響は気のそがれた顔になる。嫌味を言う気満々だったのに、当てがはずれたといった様子だ。ここまで彗と中身が正反対だと、いっそ清々《すがすが》しいものがある。菜央が感心していたら、気を取り直したのかツカツカと目の前までやってきた。

「おい、神崎菜央」

彗と同じ真っ黒な瞳は、見据えられただけで相当な威圧感がある。『目力《めぢから》』という単語は、まさしく彼のためにあると菜央は思った。

「おまえ、彗をどこへ連れていく気だ」

「どこ…って…」

「とぼけんなよ。明日は室生のマンションへ行くとか言ってたが、あれ嘘だろう。前から彗にそんな予定があったら、俺に抜けないはずがない。それに、あそこは室生の持ちもんだ。あいつに無断で、おまえが客を連れ込める場所じゃねぇ」

「それは……」

上手い言い訳が見つからず、一瞬返事に詰まってしまう。溺愛《できあい》する彗には問い詰められないので、話を聞いて急いで後を追ってきたのだろう。どうしようかと菜央がぐずぐずしていると、響はおもむろにコートの内側へ右手を差し込んだ。

「言ったよな？　彗におかしな真似をしたら、おまえを殺すって」

そう言って引き出された手には、信じられないことに小さな銃が握られている。改造したものらしく一見オモチャのようだったが、響の表情は本気だった。

「人…殺したことあるのかよ」

「さぁ、どうかな。知りたきゃ、室生に訊けばいい。もっとも、俺がお前を撃たなかったら、だけどな。身寄りのないジゴロの死体くらい、いくらでも簡単に始末できるんだ」

「…………」

いくら陽が落ちているとはいえ、往来で人に銃を向けるなんて正気とは思えない。おまけに、理由が兄を連れ出そうとしたからなんて、常識では考えられなかった。直感で脅しではないと菜央にもわかったが、だからといって自分にはどうしようもない。あんなに楽しみにしている彗を、そう簡単には裏切れなかった。

(正直なとこ、相手が橘だって知ってたら協力しなかったんだけどさ…)

菜央が、この世でもっとも苦手とする人種。それは、警察関係者と熱血漢だ。最悪なことに橘和貴はその両方に属する人間で、菜央の顔さえ見れば「まっとうな職に就け」とやかましく説教をくり返す。一度など、せっかく捕まえたカモを繁華街で殴り倒し、未成年への淫《いん》行《こう》と買春容疑で相手を逮捕しようとした。その噂が広まったお陰で、菜央はM区で金ヅルを見つけることができなくなったのだ。

(よりによって、彗と知り合いだったなんて…ツイてないよなぁ)

目の前をちらちらする銃口と不運な身の上を重ね合わせ、知らず深いため息が漏れる。彗の前では借りてきた猫のような若者だが、響は一歩外に出れば数千人の構成員を抱える暴力団の跡目候補なのだ。そちらの顔を見る機会がなかったためピンときていなかったが、彼が殺《や》ると決めれば、きっとあっさり殺られてしまうだろう。せめて、人を使わず自分の手で実行しようとしているだけ、扱いがマシだと思うべきだろうか。

「どうした？　本当のことを話す気になったか？」

「知ってどうするんだよ。彗は、明日をとても楽しみにしているんだ。滅多に頼み事を口にしない彼が、勇気を出して俺に頼んできたんだぞ。おまえなら、それを断れるのか？」

「なんだと…」

「そんなに撃ちたきゃ、好きにしろよ。どうせ、一度は死にかけたんだ。それで彗ががっかりして今より体調が悪くなったって、おまえがちゃんと責任取るんだろ？　その覚悟があるから、俺に銃を向けてるんだよな？」

「………」

不思議だった。

銃が怖くないはずはないのに、菜央は少しも恐怖を感じない。唇から指先まで寒さに凍えている以外、なんの変化や感情も湧き上がってはこなかった。室生に口づけられた時、あれほど敏感に反応した身体とは思えないくらい、淡々と冷静に響を見つめていられる。

全てを奪い尽くすあの熱に勝るものなど、自分にはないのだ。

そんな呆然とする事実に行き当たり、菜央は悲しくなってきた。

「彗は、大好きな人に会いに行くんだよ」

「大好きな…人だと…」

「だから、邪魔するな。響、おまえが本当に彗を大事にしているなら」

「うるせぇっ」

発作的な怒りにかられ、響は引き金へ指をかけようとする。銃口が不安定に揺れ、菜央は反射的に覚悟を決めた。目を閉じて全身に力を入れた途端、あらゆる場面が物凄いスピードで脳裏を駆け巡っていく。死を意識したのは二度目だが、あの時とは違い唇が誰かの名前を呼ぼうとした——その時。

「響っ！　何してるんだよっ！」

悲鳴に近い叫び声に続き、パシッと空気を裂く音がする。驚いて目を開いた菜央は、目の前の光景に啞然《あぜん》としてしまった。

蒼白《そうはく》な顔で、立ち尽くす彗。その隣では、左頬を腫《は》らした響が室生を睨みつけている。取り上げられた改造銃が、自分に背を向ける室生の手の中で所在なさげに光っていた。

「響さん、オモチャで遊ばれては困ります」

「室生…おまえ…」

「しばらく一人で行動はしないよう、あれほど言っておいたのに。どうして、それが守れないんですか。俺は、子どものお守りではありません。今騒ぎを起こしたら、阿久津たちの思

う ツボだ。彗のことが心配なのはわかりますが、もっと大人になってください」

口調はあくまで穏やかだが、声音には逆らうことを一切許さない威厳が満ちている。菜央にはコートに包まれた背中しか見えなかったが、恐らくそれで正解だろう。黙り込む響の表情から、室生がどれだけ冷ややかな眼差しをしているのか想像に容易《たやす》いことだった。

「菜央っ、菜央、大丈夫？」

唐突に我を取り戻し、慌てて彗が駆け寄ってくる。目が潤んでいるところを見ると、傍目《はため》からもかなりヤバイ状況だったのだろう。ようやく肩の力が抜け、菜央は安心させようと微笑んでみせる。このショックで彗の具合がまた悪くなったら、あまりにも気の毒だ。

「ごめんよ、菜央。僕が無理な頼み事したせいで、響が…」

「彗は悪くない。それに、響が本気で撃つとは思ってなかったし」

「で、でも…」

「室生さんが、オモチャだって言ってただろ」

「その通りだ」

菜央の言葉に、銃を内ポケットにしまった室生が静かに振り返った。

「これは、密輸入されたフィリピン製の銃を業者が改造したものだ。安く出回っている粗悪品で、下手に撃てば暴発の危険性がある。響さんだって、そのことは承知だ。要するに、実用性の薄い脅し専用ってところだな」

「そう…なの…？　響、そんな真似までして菜央を…」
「うるせぇな。ちょっと、そいつの度胸を試してみただけだろ」
決まり悪そうな声で吐き捨て、響は赤くなった頬を手の甲で何度も雑に擦《こす》る。それから、
ふっと息を吐くと、彼はそれまでのふて腐れた表情を一瞬で消し去った。
「室生、てめぇ俺に手を上げたな」
「申し訳ありません」
「いくら兄弟同然に育ったからって、おまえの立場でそれが許されると思うか？」
鋭い視線を室生へ向け、深みの増した声音で話す響からは、先刻までの子どもじみた雰囲
気など微塵《みじん》も感じられない。そこにいるのは、自分より幾つも年上の男たちを当然の如く服
従させ、命令することに欠片の疑問も持たずに育った一人の王だった。
「詫《わ》びに指の一本も落とさせたいとこだが、おまえの見た目は素人相手に有効だ。だから、
その顔に免じて今日は不問にしておいてやる。それと…菜央」
「な、なんだよ」
「――悪かった。彗のことになると、俺は冷静でいられない」
「………」
「自分と同じ顔なのに、いつも彗だけが苦しい思いをしてる。ガキの頃から何度も死にかけ
て、ろくに学校も行けなくて。こっちは風邪一つひかないっていうのに、彗は熱に耐えなが

らニコニコ笑って必ず言うんだ。響が病気でなくてよかったって。だから…俺は何があっても彗を守る。そのためなら、なんだってする」

「響……」

悲壮な決意を聞かされて、彗の横顔が切なく歪む。だが、響は気が済んだのか、湿っぽくなりかけた空気を払拭《ふっしょく》するようにガラリと声のトーンを明るくした。

「明日は、彗にちゃんと付き合ってやってくれ。どんな相手と会う気か知らないが、おかしな女に引っかかりそうだったら、おまえが責任もって阻止しろよ。いいな？」

「…わかった」

大好きな相手、と菜央が言ったので、響は明日会うのは女性だと思っているようだ。その方が好都合かもしれないと思い、菜央は神妙な顔で頷いた。一方、弟の心境を聞かされた彗はそれどころではないらしく、屋敷に戻っていく彼を急いで追いかけようとする。途中で一度振り返り、菜央と室生にぺこりと一礼すると、再び早足で門の中へと消えていった。

「さてと」

慌ただしい一幕が過ぎ、室生がやれやれと夜空を仰ぎ見る。少しは彼も緊張していたとみえ、嵐の去った今はいつもより気の緩んだ目の色になっていた。

「俺も、今夜はもう終わりだ。メシでも食って帰るか？」

「え…？」

「そこで、とりあえず俺にも説明してもらおうじゃないか。明日、彗と何を企んでいるか」

「室生さん……」

悪戯っぽい視線をちらりと流され、菜央は早くも観念する。響のことはごまかせても、室生はそうはいかないだろう。なんとか相手が刑事だと言わずに済んだとしても、どこからか真実を探り当てられそうな気がしてしまう。

「小難しい顔をして、どうした？　俺に知られたらマズイことなのか？」

「いや、別に…そういうわけじゃ…」

「だったら、とにかくメシに行くぞ。菜央、おまえは何が食いたい？」

珍しく友好的な態度なので、一体何を考えているのかと逆に菜央は警戒する。だが、何気なく室生のセリフを反芻した途端、構えることさえ忘れてしまった。

「今…菜央って…」

「さっさとしろ。車で宮下が待っている」

感激する余裕すら与えず、室生は素っ気なく歩き出す。

初めは面食らっていた菜央も、やがてじわじわと身内に嬉しさが広がってきた。

「何をしているんだ。置いていくぞ」

「あ、ちょっと待てよ。なぁってばっ」

駆け寄る足が、現金なもので自然と弾んでしまう。だが、追いついた早々待っていたのは

「それが、二度も命を助けてくれた恩人に対する口のきき方か？」という、思いきりバカにした言葉と意地悪な笑みだけだった。

●●● 4 ●●●

駅前の商店街の一角に立ち、菜央《なお》はウンザリした面持ちで周囲を見回してみる。年末セールにクリスマスフェアが重なった通りは浮かれたクリスマスソングがエンドレスで流されており、見渡す限り派手なノボリや垂れ幕で溢《あふ》れかえっていた。

「…ったく。戦国《せんごく》時代の合戦場か、ここは」

うっかり憎まれ口が出てしまうのも、ここで人を待っているからだ。ただでさえ屋外で寒いのに、こう視界が悪くてはなかなか相手に気づけない。おまけに、イブ当日の夕暮れ時に男が一人ポツンと佇《たたず》んでいる図なんて、侘《わび》しさ倍増以外の何ものでもなかった。

「まぁ…しょうがないか。彗《すい》を立たせるわけにはいかないしな」

あくまで自分が待つと言い張る彗を、やっと説得して車の中に待たせてあるのだ。同乗しているのは室生《むろう》と運転席の宮下《みやした》で、それも菜央にとっては予定外の展開だった。

『なんで、わかった？　俺、なんにも言ってないよな？』

昨晩、菜央が正《ただ》しく予想した通り、室生はあっさりと彗の「大好きな人」が女性ではないと見抜いてしまった。驚きのあまり箸《はし》が止まっていると、早速見咎《みとが》められて「ラーメンがのびるぞ」と注意される。何が食べたい、と訊《き》かれたので素直に「美味《うま》いラーメン」と答えた菜央は、室生が密《ひそ》かに贔屓《ひいき》にしている場末の中華料理屋に連れていかれたのだった。

『説明してくれよ。どうして、相手が男だってわかったんだ？』

『簡単なことだ。もし相手が女性なら、彗はおまえに同行してくれとは言わないだろう』

『なんでだよ』

『本当にわからないのか？』

まるで探偵が謎《なぞ》解きをするように、少し勿体《もったい》ぶった調子で室生は一度口を閉じる。いつもより取っつきやすい感じがするのは、響《ひびき》の行動とその顚末《てんまつ》にインパクトがありすぎたせいだろうか。心の準備をする間もなく室生が現れたので、菜央は悶々《もんもん》と抱えていた「どんな顔をして会ったらいいのか」という悩みをすっかり忘れていたのだが、もしかしたら彼も同じだったのかもしれない。もし室生が昨夜のキスなど問題にもしていなかったら、きっと普段通りに無愛想な態度で食事になど誘ってくれなかったはずだ。

『気味が悪いな。何を一人でニヤけてるんだ』

いつの間にか笑っていたらしく、気がつけば眉《まゆ》をひそめられている。菜央は慌《あわ》てて箸を動かし、残りの麵《めん》をめいっぱい口にほおばった。その様子を呆《あき》れた顔で眺めながら、室生もしばし無言でラーメンを食べる。お勧めなだけあって、確かに味は絶品だった。

『さっきの話だが』

食後に一本吸いながら、おもむろに彼が口を開く。

『菜央、おまえの取り柄は顔だ。そうだな？』

『…なんだよ、唐突に』

『軽薄なその面《つら》と薄っぺらな愛想の良さで、たくさんの男や女をたぶらかしてきた』

『………』

確かに間違いではないが、ずいぶん意地の悪い言い方だ。ムッとしながら丼《どんぶり》を持ち上げ、最後のスープを啜《すす》っていると、続けて室生は意外なことを言い出した。

『どんなに綺麗《きれい》な面をしていようと、相手がホモでもない限り、おまえは無害な存在だ。その気のない男が、顔だけでそうそう惚《ほ》れたりはしないだろう。だが、相手が女性となれば別だ。異性ってだけで、恋愛対象に入るからな』

『それって…』

『菜央は綺麗だと、彗はよく俺にも言っている。相手が女性なら、あいつが菜央に同行を頼むはずがない。無用なトラブルを招くかもしれないからな』

『俺が彗の好きな人をたぶらかすって、そう言いたいのかよ…』

室生のセリフよりも、彗がそんな風に考えていた事実の方がショックだ。ドンと丼をテーブルに置き、菜央は正面からきつく室生を睨《にら》み返した。

『いくらなんでも、それはあんまりじゃないか。自慢じゃないけど、俺はこれまで不倫や略奪愛の類《たぐい》はしたことがないんだ。勝手に惚れられたことはあっても、後で面倒が起きるのはご免だから手は出さない。そんな苦労なんかしなくたって、言い寄ってくる奴はいくらでもいるんだ。それを…』

『早合点するな。彗が心配しているのは、おまえの方だ』

『え？』

言っている意味が、わからない。困惑する菜央に向かって、室生はもう一度言い直した。

『彗は、恋愛のゴタゴタにおまえを巻き込みたくないんだ。だから、少しでもその可能性がある相手には、おまえを会わせようとはしない…そう俺は考えた。それなら、会うのは男で決まりだ』

そんな説明をされても、菜央の頭はますます混乱するばかりだ。どうして、彗がそこまで気を回す必要があるのだろう。第一、相手が男だろうが女だろうが彗の「大好きな人」である以上、絶対に自分は色目など使ったりはしない。それなのに、あんまりだ。

一人憤る菜央に、室生は少しも同情の色を見せずに言った。

『おまえは忘れているようだが、刺されて死にかけたのはほんの一ヵ月前のことだろうが』

『だから、なんだよ』

『彗は、そのことを俺から聞いて知っている。あいつは、自分が常に死を意識しながら生きてきたから、そういう話題には敏感なんだ。見当外れだと笑うかもしれないが、あいつなりに菜央を守りたいんだろう』

『………』

『おまえが自分から人のものに手を出す奴だと思っていたら、たとえ相手が男でも会わせようとするはずがない。彗は、おまえが好きなんだよ。友達だと思っている、それだけだ』

『そんな…』

そんな綺麗事で片付けようとしたって、ごまかされるもんか。

室生の言葉になんとか反発しようとして、菜央は必死に唇を動かそうとする。だが、「友達」という単語に不本意にも顔が緩んでしまって、毒舌の一つも口に出せなかった。

(そんなこんなで上手《うま》いこと言いくるめられちゃって、結局室生までついてくることになっちゃうんだもんなぁ。いくら彗が可愛くても、過保護すぎるっつーの)

実際は室生の判断ではなく、菜央だけでは心もとないと思った響が後から彼に命令したらしい。詳しい事情はよくわからないのだが、なんでも一ノ瀬《いちのせ》組の跡目について小競り合いが勃発《ぼっぱつ》しそうな雰囲気なので、身内の彗も一応気をつけた方がいいということだ。身内といってもカタギだし、組とは無関係の人間を先に襲えば仁義を欠いたと悪評が立って、業界内の笑い者にされかねない。だから心配することはない、と室生は言っていたが、そんな話を聞かされては「ついてくるな」と突っ撥《ぱ》ねることはできなかった。

(そろそろ、約束の六時…だよな)

ジャケットのポケットに両手を突っ込み、街灯の時計をちらりと見上げる。いい加減、上着がこれ一着なのも限界だった。継続的な相手がどうの、なんて言っていないで、空いている時間に誰かを引っかけ、コートの一着でもたかった方が利口かもしれない。当座の金は室生が充分すぎるほどくれていたが、食費以外で使うのは癪《しゃく》に障るので避けたかった。

「神崎《かんざき》？　おまえ、神崎菜央かっ？」

「へ……」

「どうしたんだ、おまえ！　何やってるんだ、こんなところでっ。まさか、また誰かを騙《だま》くらかそうとしてるんじゃないだろうなっ。いつの間にか街から消えて、俺がどんなにおまえを捜したと…！」

「ちょ、ちょっとちょっとっ」

突然大声でまくしたてられ、返事する間もなく両肩をガクガク揺さぶられる。大きな手のひらと、笑ってしまうくらいつぶらな黒目。洒落《しゃれ》っ気のないトレンチコートの下は、相変わらず量販店のシンプルな安いスーツ姿だ。菜央が最後に見た時より僅《わず》かに痩《や》せて、その分精《せい》悍《かん》な印象が増してはいるが、人の好《よ》さげな童顔と真剣で熱い口調はちっとも変わらない。

「勘弁してよ、橘《たちばな》さん…」

道行く人の視線に居たたまれず、菜央は深々とため息をついた。

「彗からメールがあっただろ？　待ち合わせ場所には、友人が行きますって」

「どうして、おまえが彗くんの名前を…」

「俺が彗の友人だからだよ、当たり前じゃん」

やれやれと肩から手を外して、呆気《あっけ》に取られている橘へ勝ち誇ったように笑ってみせる。だが、菜央の言葉がまだ信じられないのか、橘は強張《こわば》った表情を少しも和《やわ》らげなかった。

「俺は…神崎がM区からいなくなった後、ずいぶん行方を捜したんだぞ」

「へぇ、そうなんだ。越境してまで俺を更生させたかったとは、凄《すご》い執念だなぁ」

「ふざけるんじゃないっ。おまえ、いつからこの街にいるんだ？　彗くんとはいっ…」

「それは、こっちが聞きたいよ。橘さん、彗とどういう付き合いしてるんだよ」

「どういうって…」

無遠慮な菜央の質問に、橘が面食らったように押し黙る。だが、苦手な相手にも拘《かかわ》らず菜央が顔を合わせる決意をした理由は、まさにこの点を確かめるためだった。彗の様子を見ていると、彼はかなり橘に好意を抱いているようだ。だが、それは「尊敬する年上の友人」に対するものとしては些《いささ》か度を超している気がしないでもない。そこで、菜央は橘の方はどういうつもりなのか、きちんと確認したくなったのだった。

（…って、過保護なのは俺か。でも、彗は純粋培養の世間知らずだしなぁ）

橘が悪人でないのは、菜央が誰よりもよく知っている。それどころか、こんなお人好しもいないんじゃないだろうかと思うほど、他人の世話ばかり焼いている男だ。だから、菜央がM区から姿を消した後で捜したという話も、きっと嘘《うそ》ではないだろう。

だが、それだけに彼は刑事を天職と信じて、世の犯罪を強く憎んでいる。彗が暴力団の組長の息子だと知ったら、とても普通に付き合っていけるわけがない。彗は隠したがっているし、菜央も自分の口からバラす気はなかったが、何かあった時のために二人がどの程度の親密さなのかは知っておくべきだと思った。

「知ってるだろうけど、彗はひどく身体《からだ》が弱い。その分、家族も神経質になってるし、今日あんたに会うことだっていい顔はしなかったんだ。だけど、彗自身がずいぶん熱心で…まるで恋でもしてるんじゃないかって勢いで会いたがってたから」

「こ…恋って…」

「本気に取るなよ。物のたとえだろ」

たちまち真っ赤になる橘を、おいおい…と胸でツッコミを入れながら見つめ返す。彼は決して同性に興味を覚えるタイプではないと思っていたが、自分の軽口を真に受けるあたり、もしかしたら図星だったのかもしれない。

「いや、確かに彗くんは可愛いが…俺は男で、彗くんも…」

「だから、冗談だって。大体、せっかくイブが非番なのに、あんた彗に会う以外は予定がないんだろ？　そんな淋《さび》しい三十男と、なんで彗が恋愛しなきゃなんないんだよ」

「神崎、おまえなぁ…」

「あいつには、おっかない弟がついてるからな。橘さんなんて、殺されかねないね」

今のは冗談ではなかったが、橘は聞いていないらしく複雑な顔で何か考え込んでいる。彼とは菜央が万引きをくり返していた中学の頃からの付き合いだが、そういえば色恋に絡んだ話は一度も聞いたことがなかった。直情型で不器用でバカがつくほど真《ま》っ直《す》ぐな橘は、一体どんな恋愛をするのだろう。ふと好奇心にかられ、菜央が口を開きかけた時だった。

「…まずい、彗から電話だ。心配してるのかな」

少し、立ち話が長すぎたようだ。菜央はポケットに突っ込んでいた携帯電話を取り出すと、橘の様子を横目で気にかけながら電話に出た。

「もしもし、彗か。ごめん、今すぐ…」

『菜央、早く戻って！』

「え？」

『龍《りゅう》ちゃんが…龍ちゃんが撃たれたんだ！』

「撃たれたって…」

『車を停めてるところに、男の人が数人近づいてきていきなり…。宮下さんが追いかけていったけど、僕を庇《かば》って龍ちゃんが…早く戻ってきて！』

「う…嘘…だろ……」

一瞬で目の前が真っ暗になり、脚が小刻みに震え出す。彗がまだ何か叫んでいたが、少しも理解できなかった。龍ちゃんが撃たれた、という言葉だけが、ぐるぐると頭の中で回り続ける。顔色を失った菜央にただ事ではない事態を察し、橘が強引に携帯電話を取り上げた。

「彗くんか？　橘だ」

『た、橘さん？　あ…あの…』

「撃たれたって、一体何があったんだ？　神崎の奴、真っ青になって…あっ」

唐突に我を取り戻し、菜央は弾《はじ》かれたように走り出す。驚いた橘が、携帯電話を握りしめたまま急いで後を追いかけてきた。刑事の彼に発砲現場を見られるのはまずいだろうが、そんなことに構ってなどいられない。彗を乗せた室生のBMWは人目を避けた裏通りに停めてあるし、クリスマスソングと人々の喧噪《けんそう》で上手い具合に銃声が消されていたのだろう。

(室生が撃たれたって…なんで…どうして……)

心配するな、と言った声が、今更のように蘇《よみがえ》ってくる。あれが、室生と交わした最後の会話になったらどうしよう、と菜央は思わず泣きそうになった。自分がここまでショックを受けるとは夢にも思わなかったが、走っている感覚はほとんどなく、まるで実体のない雲を踏んで歩いているようだった。

商店街の途中で一本横道に入り、そのまま裏手へ回り込む。ゴミゴミした道を走り抜け、寂れた道路へ飛び出した菜央は、思わず「え……」と絶句した。

「室生…室生は…彗は……」

視界に映ったのは、後部座席の窓に細かなひびが入った無人の車だ。彗の電話が嘘ではないことはそれでわかったが、不思議なことにどこにも人の気配がなかった。不安で胸が押し潰《つぶ》されそうになり、菜央は荒く弾んだ息のまま立ち尽くす。一体、どこへ消えてしまったのかとパニックに襲われそうになった時、不意に彗の声が聞こえてきた。

「——菜央。菜央、こっちだよ」

「彗？　彗か？　室生はっ？」

焦って周囲を見回していると、遅れて到着した橘が有無を言わさず右腕を引っ張る。何をするんだと睨みつけたら、「あそこだ」と険しい口調で教えられた。指し示された路地の陰から、室生に抱き寄せられた彗が弱々しくこちらを見つめている。どうやら二人とも無事らしいとホッとしたのも束《つか》の間、彼らへ近づこうとした菜央は乱暴な力で引き止められた。

「な…なんだよ、橘さん。腕…離してくれよ」

「神崎、おまえ彗くんと一緒にいる男が誰か知ってるのか」

「え……」

重々しく深刻な声音に、いつもとは違う空気を感じる。橘は別人のような厳しい目つきで室生を捕らえると、苦々しい面持ちで口を開いた。

「あの男は、この街を仕切っている一ノ瀬組って暴力団の幹部だ」

「そ、それは…」

「どうして、彗くんがそんな男と一緒にいるんだ？　おまえ、何か知ってるんだろう？　まさか…一ノ瀬って…そうなのか…？」

「橘さん……」

なんて答えたらいいのかわからず、菜央は途方に暮れてしまう。今はそれどころではないと言いたかったが、橘が腕を摑《つか》む力は強く、容易には振り払えなかった。橘は所属する課が違うので室生の顔など知らないだろうと安心していたのだが、大きな誤算だったようだ。

（どうしよう…どうしたら、いいんだよ…）

震える彗を守るように、室生はぴったり彼に寄り添っている。左腕で細い身体を抱き寄せ、路地の塀に背中をつけて微動だにしない姿は、ピンと張り詰めた鋼の糸を思わせた。コートの胸元に右腕を差し込んでいるのは、恐らく銃に手をかけているのだろう。彼は動きを封じられた菜央と橘をちらりと見たが、意識は他のところへ集中させているのか欠片も表情を変えなかった。

（室生ってば、撃たれたんだろ。怪我《けが》は…早く優《ゆう》先生のとこへ行かないと…）

下手《へた》に動いたら、まだ危険なのかもしれない。だから、室生も彗を抱いたまま路地から出ようとしないのだ。頭ではそうわかっていたが、とてもジッとなどしていられなかった。

「室生さ…」

「落ち着け、神崎！　車の状態から見て、大した被害は出ていない。それより、襲ってきた連中がまだ残っていたら危険だ。こんな仕事を押しつけられる下っ端は、追い詰められると何をするかわからないぞ。一ノ瀬組と敵対しているのは、確か瀬川《せがわ》組だったな？」

「あんた、なんでそんなことまで…」

「いいから、ひとまずこっちに来い」

抵抗する菜央を無理やり引きずって、橘は慎重に移動を始める。ちょうど室生たちが身を潜める路地の対角線上に、不動産屋の大きな看板が立っていた。彼はその陰へ菜央を押しやると、注意深く辺りを見渡してから自分の携帯電話を取り出そうとする。通報する気だ、と悟った菜央は慌ててそれを押し留めた。

「待ったっ！　待ってくれって！　被害が出てないなら、警察は必要ないだろっ」

「バカなこと言うな、発砲事件があったんだぞ！　逃走した奴らが、一般市民を巻き添えにする可能性がある。大体、俺は刑事なんだ。見過ごすわけには…」

「悪いけど、見過ごしてもらわないとまずいんだよ」

カチリ、と不穏な音がして、橘のこめかみに銃口が突きつけられる。ギョッとして菜央が視線を移すと、そこに宮下が立っていた。今日は彗の護衛ということもあって、いつもより髪型も服装もずっとおとなしい。そのせいか、手にした銃が浮いてしまうくらい、どこから見ても普通の若者だった。

「また、あんたかよ。ホント、神出鬼没なオッサンだな」

「宮下…おまえ、まだわかんないのか？　ヤクザなんかに憧《あこが》れても、行く末は今みたいに撃たれて終わりなんだぞ。くだらないぞ。もっと真面目《まじめ》に働けっ」

「…この状況で、よく言えるよなぁ」

ウンザリした様子で宮下は呟《つぶや》き、橘の携帯電話を取り上げる。それからひょいと室生の方へ顔を向けると、打って変わった殊勝な態度で「追ったけど、逃げられました。すいません」と報告した。

「もう連中は散ったみたいです。一人顔見知りのチンピラがいましたから、瀬川組の人間に間違いないですね。だけど、なんでまた真っ先に彗さんを狙《ねら》ったんだか…」

「彗を？　やっぱり、狙われたのは室生じゃなくて彗だったのか？」

「ああ、そうだよ。室生さんは彗さんを庇って、ガラスの破片を浴びたんだ。いくら防弾ガラスでも、近距離で狙撃《そげき》されたらひびくらい入るからな」

勢い込んで問い詰める菜央を、宮下は煩わしそうに見下ろす。だが、怪我がないと知って気の抜けた微笑を浮かべたら、居心地の悪い様子でプイと顔を逸《そ》らしてしまった。

（そっか…。何かと思ってたけど、宮下くん繋《つな》がりだったんだな）

橘が説教をしている相手が宮下と知って、菜央はなんとなく流れが読めた気がする。仕事熱心な橘は、赴任してすぐに未成年でブラックリストに載っている人物をチェックし、できるだけの接触を試みていたのだろう。その中でもトップに位置する宮下を、彼が放《ほう》っておくはずがない。それならば、当然宮下が兄とも慕う室生の存在も頭に入っていたわけだ。

（ホントに、この人は…銃を突きつけられながら、何を説教してんだか…）

脱力もののバカだ、と思ったが、苦手と言いながら菜央が嫌いになれないのは、橘がこういう人間だからだろう。鬱陶《うっとう》しいことこの上ないが、心底こちらを心配しての行動なのは伝わってくる。そういう人間だから、彗も会いたいと思ったのに違いない。

「長居は無用だな。宮下、運転しろ。響さんのところへ行く」

今にも倒れそうな顔色の彗を抱えて、室生がゆっくりとやってきた。研ぎ澄まされた瞳は取りつく島がなく、菜央は気軽に声をかけることすらできなくなる。なんのわだかまりもなく彼に身を預けられる彗が、今ほど羨《うらや》ましかったことはなかった。

「橘さん…！」

ところが、次の瞬間彗の起こした行動にその場の人間は大いに面食らう。彼は橘と目が合うなり、驚くほど素早い動きで室生の腕から逃れたのだ。その表情は切なく歪《ゆが》み、何から説明したらいいのかと迷っているのがよくわかった。

「橘さん…ごめんなさい」

しばらく逡巡《しゅんじゅん》した後、彗が呟いた一言に橘がハッと顔色を変える。

誰も口を挟めず、二人の会話に割って入ることもできなかった。

「彗くん……」

「さっき、橘さんが言ってた通りです。僕の家は一ノ瀬組って暴力団で、弟が父の跡を継ぐために組へ入っています。そのこと、今まで黙ってて…本当にごめんなさい」

「いや、でも俺は…」

「借りてたCD、後で送ります。もう会うこともないと思うけど、橘さんとメールのやり取りするの、凄く楽しかった。それは本当です。どうもありがとう」

「………」

彗が、とても努力して微笑《わら》っているのがわかる。菜央は胸が締めつけられそうになり、思わず橘に「なんとか言え」と食ってかかりそうになった。だが、そんな行為を優しい彗が望んでいるはずもない。重い沈黙を破ったのは、室生の「行くぞ」という冷たい一言だった。

「菜央は彗を連れてこい。宮下、エンジンはかかるな？」

「大丈夫です」

運転席に乗り込んだ宮下が、張り切って返事をする。室生は一度歩きかけたが、ふと何かを思いついたように足を止め、肩越しに橘を振り返った。

「橘さん――だったな？」

「そうだが」

「今、彗が言った通りだ。今後、二度と俺たちに関《かか》わらないでくれ。彗だけじゃない、菜央や宮下にも、だ。あんたと俺たちは、住む世界が違う。それを無理にねじ曲げるな」

その言葉は「脅し」ではなく、「絶対的な事実」として全員の耳に重く響く。その証拠に、いつもなら速攻で反撃する橘が唇を噛《か》んだまま沈黙を守っていた。彼は呆然《ぼうぜん》と言葉を探し、何も反論できない自分に激しい苛立《いらだ》ちを見せている。だが、室生はさっさと背中を向けると、一方的に会話を終わらせてしまった。

「菜央…行こう」

静かな声音で促《うなが》し、彗がそっと背中を撫《な》でてくる。

けれど、まだ菜央は動けなかった。このまま、本当に彗は橘と会えなくなってもいいのだろうか。あんなに喜んで、今日を楽しみにしていたのに。滅多《めった》に我を通さず、小さな願いですら口にしない彗が、勇気を出して「協力してくれ」と頼んできたのだ。それなのに、こんなことで諦《あきら》めてしまうなんて可哀相すぎる。

「橘さん…本当にいいのかよ、彗とはこれきりで、いいのかよ？」

「神崎……」

「俺、訊いたよな？　彗とは、どういう付き合いなんだって。そりゃ、偶然街で助けただけで、あとはメールだけの浅い関係だって言うならそうだろうけど。でも、たった一回会っただけの相手なのに、彗は大事にしてたんだ。今日会えるって、凄い喜んでたんだぞ！」

「………」

「そういう気持ちを、なんて呼ぶのか俺にはわからない。でも、薄っぺらなものじゃないってことだけはちゃんと感じるよ。俺みたいに他人の愛情を食い物にしてきた人間にだって、

それくらい伝わってくるんだ。それなのに…」

「菜央、もういいから」

「だけど、彗…」

「いいんだ、本当に。どうもありがとう、僕のために怒ってくれて」

自分の方がよっぽど傷ついているだろうに、彗は取り乱す菜央を一生懸命宥《なだ》めてきた。

わかっている。これ以上橘を責めても、彗が困るだけで事態は何も変わらない。それが悔しくて、菜央の心はキリキリと痛んだ。自分以外のことで胸を痛めるなんて、生まれて初めての経験だった。

「さようなら、橘さん」

俯《うつむ》く菜央の耳に、彗の凛《りん》とした声が流れ込んでくる。

最後まで何も言わない橘に、「おまえなんか死んじまえ」と菜央は無言で罵《ののし》った。


彗が襲われた事件は、響を恐ろしく激怒させた。今すぐ瀬川組に殴り込みをかけかねない勢いに、さすがの室生ですら思い止《とど》まらせるのを手こずったほどだ。結局、帰ってすぐ高熱を出して寝込んでしまった彗が、苦しい息の下から必死で響へ懇願し、なんとかその場を収めることができたのだった。

「おかえり…あの…」

「彗なら、医者が入院するほどじゃないと言っていた。安心しろ」

疲労しきった様子で帰宅した室生は、それだけ答えるとコートを脱ぎながらリビングへ向かう。半ば強引にマンションへ帰された菜央は、状況が落ち着くまで一人でおとなしく待っているしかなかったのだ。相手の機嫌があまりよくないのは承知だが、まだ尋ねたいこともあったので、自分も遠慮がちに後を追ってリビングへ入った。

「怪我…は…」

「は？」

「その、室生さん、彗を庇ったんだろ？　怪我とか…」

冷蔵庫からミネラルウォーターを取り出した室生は、ボトルに直接口をつけて美味《うま》そうに飲んでいる。やがて、ようやく人心地がついたのか深々と吐息を漏らすと、意外にも唇の片端を上げて不敵に笑んでみせた。

「なんだ、心配してくれたのか？」

「ばっ…そういうわけじゃ…っ」

「そういえば、おまえ血相変えて駆けつけてきたな。あんな必死な顔、初めて見た。刺されてぶっ倒れてた時でさえ、開き直って偉そうな口きいてたのに」

「そ、それは…その、彗が心配だったからで…」

しどろもどろになりながら、それでも頑張って目線だけは外さない。たった数時間前、もう二度と室生とは会えなくなるんじゃないかと、ほんの一瞬考えた。あの時の恐ろしさを、菜央はまだ鮮明に覚えている。失うものなど何もないと思っていたのに、「室生が撃たれた」と聞いた瞬間、目の前が真っ暗になったのだ。同時に、自分がどうしようもなく室生に恋していた事実に気づいてしまった。

好かれているわけでも、大事にされているわけでもない。

成り行きで二回キスをされたが、愛情なんか微塵《みじん》も感じられなかった。

それなのに、どうして好きになんかなってしまったのだろう。あれだけダメだとくり返したのに、結局はいいように引きずられている。そんな自分が、信じられなかった。

(大体、俺は二ヵ月でここを出ていくのに。金ヅルにもならない、口が悪いだけのヤクザなんかに懐いて、どうするんだよ。嫌味半分にからかわれて、ただで何回か抱かれてポイだ。こいつなら、それくらい平気でする。室生にとって大事なのは、響と彗なんだから)

菜央は懸命に自分へ言い聞かせ、かろうじて踏み出すのを留まっている。それは、最後のプライドといってもよかった。なりふり構わず迫れば、室生は恐らく抱いてくれるだろう。もともと完全に男がダメだったら、キスすら仕掛けるはずがないからだ。

（だけど、それじゃ俺は永遠に三流ジゴロのままだ…）

室生の中で、自分の価値が低いことを菜央はよく知っている。これまでの生活を振り返れば、他人から蔑《さげす》まれても仕方がないだろう。だが、彼にだけはバカにされたくなかった。顔だけが取り柄のつまらない人間だと、あざ笑われるのが辛《つら》いのだ。だから、どうしても気持ちを晒《さら》け出す勇気は持てなかった。

「なんなんだ、急に黙り込んで」

そんな菜央の葛藤《かっとう》を、室生は全て見透かしているようだ。わざと優しい声を出す彼に、悪党め、と思わず心の中で毒を吐いた。普段なら絶対にそんな声など聞かせないくせに、こちらが動揺していると知ると、すかさずつけこんでくる。

「どうした？　人の顔をさっきから睨みつけて、穏やかじゃないな」

「別に睨んでるわけじゃ…あ、そうだ」

そういえば、一つ困ったことを思い出した。逃げ場のない空気に息が詰まりそうだった菜央は、これ幸いとばかりに話題の転換をはかってみる。

「あのさ、俺の携帯、橘さんに取られたまんまなんだ」

「それを言うなら、あの刑事の携帯はうちの宮下が持ってるぞ」

「マジで？　じゃあ、交換しないとまずいじゃないか。まいったなぁ」

できれば橘との縁もこれきりにしたいのだが、そう上手くはいかないようだ。彗の心情を思うと会うのは気がひけるが、携帯電話がないのはやはり不便だ。新たな問題に菜央が憂鬱《ゆううつ》な顔をしていると、キッチンから出てきた室生がおもむろに自分の携帯電話を差し出してきた。

「俺の携帯だ。しばらく、おまえが持っていろ」

「え…でも…」

「今日みたいなことが、またないとも限らない。彗が寝込んだからバイトは休みだが、ほとぼりが冷めるまであまり一人で出歩くな。おまえの携帯は、宮下に取りに行かせる」

「…わかった」

組同士のゴタゴタなら自分はまったく無関係のはずだが、室生と同居しているとなるとそうもいかないのだろうか。なんとなく釈然としないまま携帯電話を受け取り、菜央はふと感じた疑問を口にしてみた。

「あのさ、確か一ノ瀬組は跡目相続の問題で揉《も》めてるんだよな」

「そうだが？」

「だったら、どうして瀬川とかいう別の組の人間が彗を襲ったんだ？」

相手にされないかと思ったが、意外にも室生は真面目な顔つきになる。そうして、菜央を促してソファまで移動すると、「響を出し抜くために、若頭《わかがしら》の阿久津《あくつ》という男が瀬川組に裏取引を持ちかけているんだ」とわかりやすく説明してくれた。

「こちらは、その証拠固めを急いでいたんだが…。前から、瀬川組の人間は何かとちょっかいをかけてきてたからな。いい機会なんで、阿久津と一緒に潰すことにした」

「潰すって…殺すってこと？」

「他の意味があるなら、教えてくれ」

ごく当たり前のように言われては、菜央も返す言葉がない。だが、話を聞いていると今後は更に状況が切迫していきそうな気配で、今度こそ室生も危ないかもしれない。今日はたまたま幸運だっただけで、次も命拾いできるとは限らないのだ。

「室生さん、あの…」

「今、何時だ？」

唐突に話題を変え、室生が時間を尋ねてくる。いきなりなんなんだ、と面食らいながら壁の時計を確かめ、話を遮られた菜央は渋々と答えた。

「もうすぐ十時…かな」

「十時か。まずい、うっかりしていたな」

「なんの話だよ」

いかにも「しまった」という顔をする室生へ、菜央は奇妙なものでも見るような目つきで問いかける。先刻、橘に向かって釘《くぎ》を刺した男と同一人物とは思えないほど、目の前の室生は人間臭かった。摑み所がないのは相変わらずだが、初対面の頃と比べると少しずつ喜怒哀楽を見せてくれるようになったと思う。その事実を素直に喜んでいいのか戸惑っていると、彼は思いがけないことを言い出した。

「おまえ、パーティに興味あるか？」

「はぁ？」

「優哉《ゆうや》に言われていたんだよ。今夜、あいつの診療所でクリスマスの飲み会をやるそうだ。菜央さえよかったら、顔を出さないかと言っていたんだが…どうする？」

「どうするって…室生さんは？」

何も考えずに訊いてしまったが、室生がそんなものに参加するわけがない。案の定、ウンザリした顔で「俺が行くはずないだろう」と言われてしまった。

「だが、せっかくの優哉の好意だ。菜央が行きたければ、車で送っていってやる」

「い、いいよ。今からじゃ俺もしんどいし、どうせ知らない人ばかりなんだろ」

「確かに、上等なメンツとは言い難いかもしれないな」

何を思ったのか、室生はそう言うなり小さな声で笑い出す。今夜がイブだということすら忘れていた菜央には、パーティよりも彼の笑い声の方が驚きだった。

『龍ちゃんはね、事情があって子どもの頃はウチで育ったんだよ』

屈託なく笑う横顔に、ふと彗の言葉を思い出す。何があったのか知らないが、幼い頃に世話になったのなら、彼がヤクザになったのは自然の成り行きだったのかもしれない。兄弟同然に育った響と彗を守るには、自分が側近となってつくのが一番いいからだ。

生まれついての極道、という人種もいるだろう。例えば、ほんの一瞬だが響の見せた目の色に、菜央は尋常でない狂気を感じた。なまじ彗が同じ顔をしているので、一層違いがわかりやすかったせいもある。だが、同じような冷ややかな眼差《まなざ》しでも、室生が見せる瞳は響よりも更に深かった。

(室生のは…そう、自ら研ぎ澄ませている目なんだ)

本能がそうさせているというよりは、選んだ道にあえて自分を合わせている。菜央が室生に感じるのは、そんな己《おのれ》への矜持《きょうじ》と徹底した厳しさだった。

(じゃあ、目の前で笑ってる室生は…ひょっとして、素のあいつなのか…?)

緊張の連続だった一日の最後に、自分へ戻れる僅かな時間。そこへ菜央が居合わせることを許したのは、室生なりに受け入れてくれているからではないだろうか。

触れてみたい、と菜央は思う。

素顔の室生に僅かでも近づけたら、自分も何か変われるかもしれない。

(だけど…もし俺の思い込みだったら? それで拒絶されたら、いい面の皮だ…)

我ながら情けないが、どうしてもあと一歩の勇気が出てこない。そんな自分を歯がゆく感じても、これればかりはどうしようもなかった。どうせ二ヵ月しか一緒にいられないのなら、余計な波風は立てない方が得策だ。それが、今の菜央に出せる精一杯の結論だった。

「――菜央」

いつの間にか笑うのをやめ、室生が声をかけてくる。

「ちょっと、俺の寝室に行ってこい」

「寝室？　でも、絶対に入るなって最初に…」

「いいから。ベッドの脇《わき》に大きな紙袋が置いてある。それを持ってきてくれ」

「わ…わかった」

とりあえず頷《うなず》いたものの、今夜の室生は何を考えているのかさっぱり謎だ。いや、わからないのはいつものことなのだが、つっけんどんで無愛想な彼はどこかに消えて、ほんの少しだが懐《ふところ》の端っこに入れてもらえたような気がする。

（いやいや、調子に乗ってると痛い目を見るからな）

あまり喜ぶと後でがっかりするので、自分を戒めつつ菜央は寝室へ向かった。

中へ入るのは初めてだが、時々お手伝いのおばさんが掃除をしているので廊下から覗《のぞ》いてみたことはある。備えつけのウォークインクローゼットと贅沢《ぜいたく》なダブルベッド、それに洗練されたデザインの照明器具が目立つ、焦げ茶が基調のホテル並みにシンプルな部屋だった。

それでも、ほとんど寝るために帰っている生活だから寝室だけは多少の生活感がある。ベッドの上には畳まれた洗濯類が置かれ、サイドテーブルには小さな灰皿と読みかけの本が伏せられているのも、菜央には新鮮な発見だった。

「紙袋、紙袋…と。あ、これか」

あまりぐずぐずしていると、あちこち詮索《せんさく》していたのかと怒られてしまう。室生の言った紙袋は一抱えもある大きなものだったので、すぐに見つけることができた。

「こんな買い物、いつしてたんだ？」

黒地に銀で入っているのは、誰でも知っているイタリアのブランドロゴだ。室生自身、いつも趣味のいいものを身につけているが、彼が買い物している姿はあまり想像できなかった。

紙袋を下げてリビングへ戻ると、すでに室生はスーツの上着を脱ぎ、ネクタイも緩めて寛《くつろ》いだ格好になっている。テーブルの上には愛飲しているジンのボトルとグラスが置かれ、それをゆっくりと味わっているところだった。

「これだろ。ほら、持ってきたよ」

ソファの傍らに紙袋を置き、なんで俺がパシリみたいな真似《まね》を…とため息をつく。室生はグラスに残ったジンを飲み干すと、視線も寄越《よこ》さずに「開けてみろ」と言った。

「開けてみろって、これを？　もう、それくらい自分でやれよ」

「何を言ってるんだ。おまえのものなんだから、少しは可愛く振る舞え」

「え……」

「早くしないと、店に返品するぞ」

なかなかピンとこない菜央に苛ついたのか、とうとう室生がこちらを振り返る。険しい表情は怒っているのかと誤解するほどだが、目許《めもと》を見れば面白がっているのは丸分かりだった。

「え…と、俺のものってことは…つまり…」

「つまり？」

「クリスマスプレゼント…だったりして」

「………」

「ホントに？　室生さん、そういうノリの人だったんだ？　なんか意外…」

「いらないなら、正直に言え。今から、店に返してくる」

動揺のあまり余計な一言を口走ったせいで、今度は本気で睨まれる。菜央は慌てて口を閉じると、まずは神妙な顔で控えめに深呼吸をした。

大袈裟《おおげさ》な…と室生のため息が聞こえたが、そんな嫌味など取り合ってはいられない。なにしろ、寝たことのない相手にプレゼントを貰《もら》うなんて前代未聞の出来事なのだ。逸《はや》る鼓動を抑えて留めてあるテープを丁寧に剝《は》がし、紙袋の口を大きく開く。薄紙に包まれた品物が姿を現す頃には、菜央はすっかりサンタを信じる子どもになっていた。

「嘘…これ、コートじゃん…」

頰《ほお》を紅潮させながら薄紙を破り、震える指先でそっと取り出してみる。上品なベージュ色のムートンのコートは、繊細な仕立てとボアで裏打ちされた大きめの襟がとてもエレガントなデザインだった。

「なんか…すっげぇ嬉《うれ》しいけど、俺には高級すぎるっていうか…」

「おまえの顔なら、充分に着こなせる。前にも言ったが、真冬にジャケット一枚は貧乏ったらしくて俺が嫌なんだ。マンションに出入りする住人にも、胡散臭《うさんくさ》い目で見られるしな」

「わ、悪かったな。だけど、何もこんな高い店のじゃなくったって」

「高い店？　寝言を言うな」

感動に包まれている菜央へ、いかにもバカにしたように室生は言う。

「それが、ジゴロで生きてきた男のセリフか。やはり、三流は三流のままだな」

「うるせぇよっ」

憎まれ口は健在だったが、今夜ばかりは気にならなかった。菜央は新品のコートを抱きしめ、どうしたら感謝の気持ちが伝わるだろうかと真剣に考える。ブランド品などさんざん貢がれてきたくせに、生まれて初めてプレゼントを貰ったくらい嬉しかった。

「羽織ってみろ」

上機嫌な室生の言葉に頷き、恐る恐るコートを羽織ってみる。肩幅も丈もぴったりで、まるで誂《あつら》えたかのようだった。できれば全体像を確かめてみたいと思ったが、生憎《あいにく》と適当な大きさの鏡がない。仕方がないので窓ガラスに映ったシルエットを眺め、バランスをあれこれ見ていたら、不意に室生がソファから立ち上がった。

「菜央、こっちに来い」

「それでって、おまえが言ったか？」と室生が微笑み、ソファから立ち上がる。

「え…？」

「鏡で見てみたいんだろう？」

戸惑う菜央の右手を取り、彼は自分の寝室へ連れていく。ウォークインクローゼットの扉が、六面続きの鏡になっているからだ。二度も入ってしまっていいのかな、と気後れは感じたが、真新しいコートに身を包んだ姿を見たら、小さな脅えは吹き飛んでしまった。

「こうして見ると」

ベッドの端に腰を下ろし、くわえた煙草《たばこ》に火をつけながら室生が呟く。

「おまえは、やっぱり綺麗なんだな」

「な、なんなんだよ、急に。なんか、今夜は気味が悪いな」

「いや…おまえが言った通り、俺はクリスマスプレゼントなんて柄じゃない。他人へプレゼントを贈ったのは、別れた女房に婚約指輪を買った時だけだ。だが、そのコートを見かけた時、なんとなく菜央が着ているところが浮かんだんだ。だから、気まぐれに買ってみたんだが…見目が良くなきゃ、そんなこと考えもしなかっただろうって思ってな」

「別れた女房って…室生さん、結婚してたんだ？」

思いも寄らない過去を聞かされ、菜央の表情がサッと強張った。室生ほどの男前なら女がいない方がおかしいが、愛人ならまだしも妻なんて想像もしていなかったのだ。

「そっか…。そりゃ、そうだよな。ここ、一人で住むには広すぎるって思ってたんだ。なんだよ、出ていかれた後も未練たらしく住んでんのかよ。なっさけないな」

「別に。引っ越すのが面倒だっただけだ。一緒に暮らしたのは一ヵ月くらいだし、結婚指輪が出来上がる前に別れたしな。向こうに押しきられて籍を入れなきゃ、バツイチにもならなかったろうさ。大した話じゃない」

「押しきられた？　室生さんが？　なんか、凄い女の人だったんだね」

「普通の女だよ。ガキができたって言われたんだ。それなら、たとえヤクザでも両親は揃《そろ》っていた方がいいだろう。俺の親父は、人を殺して今も服役中だ。母親は、そんな親父に愛想を尽かして俺を捨てて蒸発した。そういう思いは、子どもにさせたくない」

「室生さん……」

無理して明るく話題を繋げてみたつもりだったが、話を聞いた菜央は無神経だったとたちまち自己嫌悪に襲われる。天涯孤独なのは自分も同じだが、室生の生い立ちがそんな凄絶《せいぜつ》なものとは思わなかった。まして、子どもがいたなんて初耳だ。それなら、室生の子どもは別れた奥さんが育てているのだろうか。

「俺の子じゃなかったんだ」

細長い煙を吐き出して、なんでもないことのように彼は言った。

「結局、向こうは俺を騙しきれなくなって離婚を申し出てきたってわけだ。今は、子どもの本当の父親とヨリを戻して幸せに暮らしてる。もう五年ほどたつし、昔のことだな」

「そんな…そんなのひどいじゃないか…」

「そうか？　ヤクザと一緒になるより、よほどマシな人生だろう」

「奥さんのことは、どうでもいいっ。室生さんは、それでよかったのかよっ」

とぼけた返答にカッとなり、思わず声が大きくなる。室生が結婚まで考えた女性なら、自分なんか比較にならないくらい素敵な人でいてほしかった。男とか女とか関係なく、人間的にとても敵《かな》わないと打ちのめされるような、そんな相手であってほしいのだ。

そうでないと…と、菜央は禁句の蓋《ふた》に手をかける。

今、たまらなく室生が欲しくなってしまう。

「だって、そんな…騙すなんて…そんなんじゃ、俺と同じじゃん…」

「菜央？」

「室生さんは、俺みたいな人間は軽蔑《けいべつ》してるんだろ。それなのに、なんで同じような女を選ぶんだよ。相手にたかって、笑顔で騙して、利用価値がなくなったら手のひらを返す。そんな風にされて、なんで〝昔のこと〟なんてサラリと言えるんだ？」

「…………」

「俺には、わかんねぇよっ」

話している間に混乱が深まり、菜央は力尽きたように両膝《りょうひざ》を折る。もし微《かす》かな望みがあるのなら、自分を愛してくれと口走ってしまいそうだった。

室生の別れた妻と自分を混同するなんて、愚の骨頂もいいところだ。せっかく苦労して気持ちを抑えているのに、このままでは全てを台無しにしてしまう。頭ではそれがわかっていても、菜央は唇を止めることができなかった。

「室生さん…俺……」

正面に座る室生の顔を、縋《すが》るような眼差しで見上げる。彼がどんな表情をしているのか確かめたいのに、輪郭が滲《にじ》んでしまって無理だった。

「俺…室生さんが好きだよ…」

「………」

「そんな女を抱くくらいなら、俺のことを抱いてよ…」

偽りのない本音だけの言葉が、てらいもなく零《こぼ》れ落ちる。言った菜央も驚いたが、それよりもっと意外なのは室生の反応だった。

唇から煙草を離し、彼は無言で灰皿に向かう。バカにされるか罵倒《ばとう》されるか、そのどちらかを覚悟していた菜央は、あまりに普通な態度に激しく面食らった。もしかして、一世一代の告白は室生の耳に届いていなかったのだろうか。そんなバカな、と即座に打ち消してはみたものの、不安はみるみるうちに膨れ上がった。

「あの…室生さん…？」

「別れたとはいえ、女房だった女だ。そんな女とは、ずいぶんな言い草だな」

「ご…ごめん…」

「まったく…」

ギュッと煙草を揉み消して、室生は小さく吐息を漏らす。長い沈黙が続き、菜央は（呆れて、俺と口をきく気さえなくしたのかもしれない）と激しい後悔に胸を痛めた。のろのろと羽織っていたコートを床へ下ろし、どうかしていたと力なく自嘲《じちょう》する。思いがけないプレゼントに浮かれて、あれほど用心していた領域へうっかり踏み込んでしまった。

今夜は部屋に戻って、少し頭を冷やした方がよさそうだ。向けられた背中を悲しく見つめ、菜央はゆっくりと立ち上がった。

「どこへ行く？」

気配に気づいた室生が、静かにこちらを振り返る。呼び止められた事実に困惑し、すぐには返事ができなかった。瞳を合わせるのも気まずくて、菜央は俯いたまま何か言わなくてはと必死で考える。余計なセリフはあれだけ出てきたくせに、部屋から退散するための口実は少しも思いつけなかった。

「どこへ行く、と訊いているんだ」

「え、や、だから…その…」

「それとも、そうやって気を惹《ひ》くのがおまえの常套《じょうとう》手段なのか？」

「………」

きついセリフに唇を噛み、自分の愚かさを心で呪《のろ》う。一体、何を血迷って「抱いてくれ」などと言ってしまったんだろう。そんな浅はかな真似をしたら、ますます室生に蔑視《べっし》されるだけなのに。磨きのかかった意地悪な口調に、菜央は逆らう気力も出てこなかった。

「…菜央」

不意に、足下が暗くなる。目の前に、室生が立ったからだ。背の高い彼は身を屈《かが》め、頑《かたく》なに床を見つめる菜央の顎《あご》へそっと右手を伸ばしてきた。

「菜央、顔を上げてこっちを見ろ」

ぐいっと指に力が込められ、無理やり上を向かされる。煙草の残り香が鼻腔《びこう》をくすぐり、菜央は観念して室生の目を見返した。射抜くような眼差しは、隠していた真実を次々と暴き立てていく。どのみち告白を撤回したところで、親切に騙されてくれる男ではなかった。

「俺のことが、好きなのか？」

「好き…だよ…」

「何故だ？　拾ってやったからか？」

「そんなの、わかんないよ。なんだよ、これテスト？　正解したらご褒美が出んのか？」

面白半分に構われて、これ以上焦《じ》らされるのは真っ平だ。菜央が開き直って文句をつけると、室生は微笑を浮かべたまま唐突にキスをしてきた。予期せぬ事態に菜央は狼狽《うろた》え、舌を刺す苦味に息を飲む。何度も貪《むさぼ》られ、知り尽くしたと思っていた唇には、まだ違う熱が宿っていた。そんな事実を新しいキスで教えられ、吐息が重なるたびに胸が震えた。

「ん…んん…ぅ…んっ」

抗《あらが》うことすら許されず、噛みつくように口づけられる。望んでいた行為のはずなのに、菜央の胸は淋しさで潰れそうになった。

たとえば触れる程度の愛撫《あいぶ》でも、それが自分を想う指だったらどんなにうっとりするだろう。まして、それが室生だったらもう死んでもいいと思えるのに。

「…は…っ…」

甘い夢を見かけた時、いきなり唇を離された。ドッと空気が肺に入り込み、軽い目眩《めまい》が菜央を襲う。無防備だった身体は微熱を持ち、内側でどんどん温度を上げていく気がした。

「何をしているんだ？」

「え……」

「抱いてほしいんだろう？」

余韻に浸る間もなく腕を引っ張られ、ベッドの上に放り出される。上等なマットレスに沈む身体を、菜央はなんとか起き上がらせようと苦心した。だが、そんな余裕を室生がくれるはずもなく、遠慮なく上から伸《の》しかかってくる。本気なんだ、と悟った瞬間、前触れもなく下半身へ指が伸ばされてきた。

「あ…っ」

室生の右手がからかうように、布地越しに菜央自身の形をなぞっていく。態度は乱暴でもその仕種《しぐさ》は繊細で、時折肌を嚙まれるたびに菜央はびくりと身体を震わせた。

「ぁ…ん…っ…ん…」

「声を殺すな。後が辛いぞ」

「あ…あとって…」

言葉の意味を把握する前に、敏感な箇所を手のひらで揉みしだかれる。キスで充分に煽《あお》られていたこともあって、菜央の中心はたちまち硬く張り詰めた。素直な反応に室生が微笑を浮かべ、その気配に強い羞恥《しゅうち》が押し寄せる。もっと、とせがむ身体を宥め、なんとか態勢を立て直さねば、と菜央は心の中で焦った。

だが、素早くそれを察した室生は、ためらいもなく菜央から衣類を剝ぎ取り始める。空調の効いた室内では薄着ということもあり、全てを晒すのにさして時間もかからなかった。

「男にしては、綺麗な肌だ。いつも、そう言われるだろう?」

「そん…な…知ら…な…っ」

むきだしになった肌に改めて唇を寄せ、自身も乱れた服装のまま室生が意地悪く笑んでみせる。口づけた場所から色が変わり、そのたびに菜央が感じる様が楽しいらしい。初めは遊び程度のキスが、すぐに痛いくらいに肌を吸い上げるようになった。

「や…やだ…そんな…っ…」

あちこちに散らされる赤い跡に、菜央は狼狽えて抗議する。場所も考えずに印をつけられたら、後で苦労するのはこちらなのだ。室生を喜ばせるだけだとわかっていても、身をよじり、逃げようとせずにはいられなかった。

「室生さ…っ…や…ぁ…」

跳ねる身体を押さえつけ、室生は胸に愛撫を移す。舌先の絶妙な愛撫に肌が潤み、浮き上がったその場所へ甘く何度も嚙みつかれた。

「…いっ…ぁ…ああ…」

息が弾み、喉《のど》が震える。

刺激を受け、また焦らされて、意味のない声が次々と溢れた。

中心への休みない愛撫は、菜央から自我を奪っていく。飢えた獣のように快感を飲み干し、もっと欲しいとせがむ姿態は、室生の目を一瞬奪うほどに艶《なまめ》かしかった。

「は…ぁ…ああ…んん」

喘《あえ》ぐ声が淫《みだ》らに掠《かす》れ、次の愛撫を誘っている。男に抱かれる時は少なからず演技していた菜央だったが、今はそんな余裕など微塵もなかった。初めて味わう感覚に、肌が悦《よろこ》びで潤んでいる。早く室生に貫かれ、その熱を直《じか》に感じたかった。

「む…ろう…さん…」

「一回、いきたいか？」

「そう…じゃなくて…だから…」

まさか、全部を口で言わせるつもりだろうか。芝居でならいくらでもサービスできるが、室生相手にそれは嫌だった。だが、巧みな刺激が理性を蕩《とろ》かせ、菜央の口を開かせる。解放を待ち侘《わ》びる情熱の雫《しずく》は、すでに室生の指を甘く濡《ぬ》らしているのだ。

「二ヵ月だ」

不意に、場違いな言葉が耳へ流れ込んできた。

焦れた身体を持て余し、菜央が責めるように彼を見る。

「俺のことをどう思おうと、それはおまえの勝手だ」

「室生…さん…」

「だが、おまえが俺といられるのは二ヵ月だけだ。それを忘れてもらっては困る」

冷たいセリフとは裏腹に、口づけは一層熱さを増していた。

「頷けば、このまま達《い》かせてやる。逆らうなら、ここでやめる」

「そ…んな…」

思わず抗議しようとした途端、キュッと指できつく先端を締めつけられる。菜央は反射的に声を上げ、どうにもならない疼《うず》きに感覚の全てを支配された。

「わ…かった…」

どうして、室生がこの場で無理に言わせようとするのか、それが少しもわからない。

けれど、この状態で放置されるのだけは耐えられなかった。

「わかった…から…お願…っ…」

「いい子だな」

絡みつく指が、孤独な菜央を絶頂へと導く。

二ヵ月のご褒美が、これなのかよ。

熱くなる身体とは対照的に、冷えた心で菜央は呟いた。

5

熱を出した彗は、イブの日から六日間床についた。

その間の響の荒れようは凄《すさ》まじかったらしく、その矛先はもっぱら優哉に向けられたようだ。菜央からすれば意外な人選だが、当の優哉は慣れっこだよ、と苦笑した。

「クリスマスパーティ？　ああ、菜央ちゃん来なくて正解。どこで聞いてきたんだか、響が乱入してきてさ。すでに酔ってたから、もう手がつけらんなかったよ。今すぐ家へ来て、彗の熱を下げろとか暴れるし。なんていうか、癇癪《かんしゃく》を起こした虎《とら》の子どもみたいだった」

ほとんど癒《い》えている傷口に消毒薬を塗りながら、優哉は「毎度のことだけど」と付け加える。響が彼のことをヤブ医者呼ばわりし、敵視しているのは菜央も知っていたが、自分から押しかけてまで嫌がらせをするほどとは思わなかった。

「うん、もう傷の方は大丈夫だね。まぁ、室生が撃たれたって聞いて全速力で走れるくらいなら心配はいらないと思うけど。回復が早いのは、やっぱり若さかねぇ」

「優先生だって、まだ三十前だろ。パッと見は、もっと若く見えるし」

「パッと見かよ」

菜央の軽口にカルテへ書き込む手を休め、優哉は複雑な顔で睨み返してくる。そんな表情をしてみせても、眼鏡《めがね》の奥の目は優しく笑っていた。菜央は眼鏡を外したところも何度か見たが、素顔だったらパッと見どころではなくもっと若く見えるだろう。もともと柔らかな顔立ちをした美形だし、筋肉質の細い身体はよく締まっていて仕種にも切れがある。医者としての手腕も確かだと思うのに、どうして国家試験を受けてライセンスを取らなかったのか。きっとそれなりの事情があったに違いないが、勿体ないなぁ、というのが本音だった。

「昼休みなのに、どうもありがとう。年末ギリギリになったけど、優先生の診察が受けられてよかったよ。そうだ、明日の大晦日《おおみそか》はどうしてんの？　また飲み会？」

「仕事してるよ。入院患者はいないけど、年末年始はバカをやらかす連中が多いから」

「そっか…じゃあ、俺でよければ手伝いに来ようか？　彗が寝込んだんで、バイトは年内いっぱい休みになったんだ。どうせ室生は忙しくしてるし、街には一人であまり出歩くなって言われてるしさ」

「一人で出歩くな？　どうして？」

「なんか、この間の事件が尾を引いてるみたいなんだ。彗が狙われるくらいなら、俺も気をつけた方がいいって。その時に携帯なくしたんで、室生のを持たされてるくらいなんだぜ」

「……マジ？」

ふるふる、と肩を震わせたかと思うと、いきなり優哉が笑い出す。あんまり弾けた笑い声なので、何事かと菜央は目を白黒させてしまった。そこまで受けるような話は何もしていないはずだが、一体どこが彼の琴線に触れたのだろう。

「あ〜、まいった、まいった。久しぶりに爆笑した」

目の端に滲んだ涙を拭《ぬぐ》い、まだ笑みの残る声音で優哉は呟く。おいてきぼりを食らった菜央がぶ然としていると、「ごめん、ごめん」と愉快そうに謝ってきた。

「あのさぁ、菜央ちゃん。もしかして、室生に食われちゃった？」

「え？」

「俺、言っておいたんだけどな。つまみ食いはすんなよって。手を出すなら、ちゃんと完食しろってさ。そんで、どうなんだ？　完食されたわけ？」

「優先生……」

さっきの爆笑と食った食われたの話題が、どこで繋がるのかさっぱりわからない。だが、菜央が何も答えないうちに、優哉は室生との間に起きた出来事を正しく悟ったようだ。再びくっくっと笑みを零し、意味深な間を空けてからポツリと言った。

「俺、室生との付き合いは長い方だけど、あいつが男にヨロめく日が来るとはねぇ…」

「べ…別によろめかれてなんか…っ。第一、寝たっていっても本番なしで、つまり、その」

「じゃあ、つまみ食いだったわけだ」

「つ……っ」

真っ赤になって絶句する菜央へ、からかうような視線が向けられる。ミもフタもない言い方にがっくりと力が抜け、ごまかす余力も残っていなかった。確かに優哉の読み通り、自分はイブの夜に室生と寝たし、本番こそしてもらえなかったが彼の愛撫で何度も達かされた。お陰でへろへろのメロメロになって翌日を迎え、室生はとっくに出かけていたので、手伝いのおばさんが来る前に慌ててシーツや下着を自分で洗濯したのだ。

（なんか…思い出したら、すっげぇ情けなくなってきた。夢精した中学生か、俺は…）

第一、こんな話題で赤くなる自分が、もう信じられない。十三で童貞を捨て、十五で男も経験してから、寝た相手など数えきれないほどいるのだ。それなのに、たった一回のセックスで何を純情ぶっているんだと、菜央は己を強く叱咤《しった》した。

（それに、室生とは…あれ一回きりだし。二月には出ていくって、約束もしたし…）

まるで菜央を抱く交換条件のように、室生が念を押してきた期日。頷かなければ途中でやめると脅されて、選択の余地もなく承知するしかなかった。初めからの約束といえばそれまでだが、何もあんな場面で言い出さなくてもよさそうなものなのに…と、菜央は今でも少し彼が恨めしい。恋人にしてくれとか、ずっと傍《そば》に置いてくれとか、そんなことを迫るつもりは毛頭ないのだから、せめて抱き合っている間だけでも夢を見させてほしかった。

「…ちゃん？　菜央ちゃん？」

「あ、ご、ごめん。優先生、なんか言った？」

うっかり物思いに耽《ふけ》ってしまい、なんだかとてもバツが悪い。特に、優哉は人の表情を読むのが上手いので要注意だ。今度は何を言い出すつもりだろうと、ひきつった笑顔で身構えていたら、意外にもまともな調子で「じゃあ、頼もうかな」と言われた。

「頼むって…あ、診療所の手伝い…」

「おいおい、そっちから言い出したんだろうが。大晦日から三日まで、うちに通いで来てくれる？　バイト代、弾むからさ」

「そんな、俺は金なんて…」

「引っ越しの時は室生も協力してくれると思うけど、金は少しでもあった方がいいだろ。それとも、また誰かを引っかけて同棲《どうせい》でもするつもり？」

「そこまでは、まだ考えてないけど…。でも、今更まともな仕事に就けるわけないし、俺の取り柄は顔だけだからさ。ま、年取ったらどうすんだって話だけどね」

衣服を整え、帰る準備を始めた菜央を見て、優哉はわざとらしく顔をしかめる。机の上に頬杖《ほおづえ》をつき、拗《す》ねた素振りをする彼はとても十歳も上には思えなかった。

「あ〜あ。室生の密かな努力は、結局無駄だったわけか」

「密かな努力？　それ、なんのことだよ？」

「さっきの話。菜央ちゃんに、一人で出歩くなって言ったんだろ。おまけに、自分の携帯まで持たせて。だけど、冷静に考えてごらんよ。いくら組で内紛があるからって、菜央ちゃんに害が及ぶわけないじゃないか。彗はともかく、君は完全な部外者なんだし」

「でも、ヤクザにそんな理屈は通じないって…」

「違うよ。あの男は、菜央ちゃんが新しいカモを探しに行くのが面白くないだけだって。ただでさえ出ていく期日が迫ってるし、菜央ちゃんは相変わらずジゴロが天職だと思ってる。だから、抗争を理由にあんたをマンションに閉じ込めてるんじゃないか」

「まさか」

あまりに飛躍した発想なので、菜央は即座に笑い飛ばそうとする。優哉の説明を聞いていると、まるで自分が室生に大切にされているようではないか。

「あのさ、優先生。確かに、俺はあいつと寝たよ。でも、それは勢いとか成り行きみたいなもんで、室生は一言だって甘いセリフなんか吐かなかった。俺たちはそういう関係で、室生は早く俺を追い出したがってるくらいだし。だから、ありえないって」

「ありえない？　携帯まで持たせておいて？」

「だから、それは…」

思わずムキになって、菜央が言い返そうとした時だった。

まるで見計らったように、室生から渡された携帯電話が鳴り出す。彼は普段から二つ常備していたようで、菜央に貸した方へかかってきたのは今が初めてだった。

「ごめん、優先生。ちょっと待って」

点滅するヒツウチの文字を見て、直感的に室生だと思う。急いで出てみると、案の定電話口の向こうから、聞き慣れた無愛想な声が聞こえてきた。

『菜央か？　今どこにいる？』

「どこって、優先生のとこだよ。傷口、診てもらってたんだ」

『ああ…そうか』

いくぶん拍子抜けしたような響きの後、数秒の沈黙が訪れる。これじゃ優先生の冷やかし通りじゃないか、と菜央が戸惑っていると、口調を戻した室生が面倒そうに切り出した。

『実は、おまえの携帯なんだが…』

「そうだ、あれから一週間近くたつよな。どうなってるんだよ」

『宮下は再三、橘のところへ出向いている。ところが、先方が頑として返さないらしい』

「な…なんで？　そんなこと、刑事がしていいのか？」

『何度か交渉させたんだが、菜央に直接返すの一点張りだそうだ』

「俺に直接…？　橘さん、何を考えてんだ…」

あんな別れ方をしておいて、神経が図太いのにもほどがある。菜央は街に出ていないので幸い彼に出くわしていないが、また説教でもするつもりかと思うとつくづくウンザリした。『とにかく、おまえに返すまではと言って自分の携帯も受け取らないんだそうだ。宮下もさすがに閉口して、菜央になんとかしろと言ってきた』

「…わかった。じゃあ、明日にでも会って交換してくるよ。今夜、橘さんの携帯を預かってもいいかな。それを持っていって、さっさと用件を済ませるから」

『明日？　いいのか、大晦日だぞ』

「え……」

あまりに室生が普通のことを言うので、逆に菜央は耳を疑ってしまう。だが、直後に彼自身が自分の発言に驚いたらしく、素っ気なく電話を切ってしまった。

（いいのか、大晦日だぞ…だって。なんか、すっげぇセリフ聞いちゃったな…）

しばらく携帯電話を握りしめた状態で、何度か室生の言葉を反芻《はんすう》する。明日については特に何も言っていなかったし、彼が菜央と年越しをするつもりだとは夢にも思わなかったが、もしかするとコートの時のように黙っていただけなのかもしれない。

（でも、もう優先生の手伝いするって約束しちゃったし…まいったなぁ…）

当の優哉がニヤニヤしながら眺めているのも気づかずに、菜央は複雑な面持ちでいつまでも室生の携帯電話を見つめていた。


「菜央のコート、凄く素敵だね。よく似合ってる」

見舞いに訪れた菜央を見るなり、彗が満面に笑みを浮かべる。ようやく熱が下がったと室生から聞いたので、優哉の診療所へ行った帰りに屋敷へ寄ってみたのだ。彗はだいぶ具合がいいようで、まだ寝巻き姿ではあったが布団からはもう出ていた。

一週間ほど間が空いただけなのに、なんだか彗の部屋がとても懐かしい。菜央には馴染《なじ》みの薄い畳の香りや障子越しの柔らかな光、ここでは時間の流れが穏やかで清涼とした空気が満ちている。確かに彗は病気がちだけれど、そんな辛気臭さはどこにもなく、彼の持つ透明な優しさが客人まで癒《いや》してくれそうな空間だった。

「ずっと一人で退屈してたんだよ。だから、菜央が来てくれて本当に嬉しい」

「響は？　あいつ、大荒れだったたって優先生から聞いたけど」

「うん…今度の件は、僕だけじゃなくて響自身にも関わることだからね。でも、あまり無茶《むちゃ》はしないでほしいんだ。もともと、僕はヤクザにだってなってほしくなかったんだし…」

「彗……」

初めて見る彗の厳しい瞳に、菜央は驚きを隠せない。「あの」響を見ていると、ヤクザ以外にどんな人生が送れるんだと言いたくなるが、やはり兄弟だけに複雑な思いがあるのだろう。それを言うなら、菜央だって室生がヤクザでなければ、と思わなくはないのだ。やり手の実業家然とした顔は見せていても、裏では様々な不正取引を行い、場合によっては暴力にさえ訴える。しかも守ってもらえるトップならいざ知らず、彼はいざとなれば響の楯《たて》となる男だ。そんな生活を続けていて、まっとうに長生きできるはずがない。

「ごめん、僕の立場でこんなことを言っちゃいけないよね」

菜央まで深刻な顔になってしまったので、彗は慌てて笑顔に戻った。

「僕は家族のために何もできないし、守られてばっかりなんだから。だけど、この間知らない人から銃を向けられた時に思ったんだよ。もしも自分の大切な人が同じ目にあったら、僕は正気でいられるだろうかって」

「大切な人……」

「菜央、龍ちゃんが撃たれたって僕が電話したら真っ青になって走ってきたよね。口を開けば龍ちゃんの悪口ばかり言ってたのに、駆けつけた時は君の方が死にそうな顔をしてた。僕は、本当に胸が痛かったよ。龍ちゃんは僕を庇ってくれたけど、彼に万一のことが起きたら菜央も一緒に死んじゃうんじゃないかって」

膝の上できつく組まれた、彗の両手が震えている。そんな彼にかける言葉が見つからず、菜央はただジッと見つめるしかなかった。

無傷だったからよかったものの、あそこで室生が命を落としていたら自分はどうなっていただろう。好きだという気持ちを封印して、バカにされたくない一心で突っ張っていたことをきっと激しく後悔したに違いない。

(そうだよ…だから、俺は…あいつと寝たんじゃないか…)

愛されて、慈しまれるように抱いてもらえるなら、もちろんそれが一番いい。けれど、室生の中で自分の存在がどんなものであろうと、菜央は彼と寝たかった。好きな相手がどんな声で囁《ささや》き、どんな指で愛撫するのか知りたかった。だから、抱いてくれと言ったのだ。

（プライドなんか、クソ食らえだ。たった一回でも、俺は室生と寝た。背中に浮かぶ汗も肌がどれだけ熱くなるかも、ちゃんとこの身体で味わった。だから、大丈夫だ。たとえあのマンションから出ていっても、この先だって一人で生きていける）

あれ以来一度も触れようとしない室生に、不満がないと言えば嘘になる。彼がいくら澄ました表情をつくり、寝たことなど忘れた顔をしていても、本当は忘れてなどいないのもわかっていた。優哉にバレた時は見栄《みえ》もあってさばけた態度を取ったが、心の中では何度も問い詰めたい衝動を堪《こら》えてきたのだ。

でも、もういい——そう菜央は思った。

元から片思いだったのだし、好きになったこと自体がイレギュラーな相手だ。三流なら三流らしく、惚れた男を一度でもその気にさせた事実を誇りにしよう。

「…彗、おまえもう体調は大丈夫か？」

沈黙を破った菜央の声は、不思議と澄みきっていた。

「たとえば、風邪ひかないようにあったかくして、ほんの数時間出かけたりできるか？」

「うん、響にさえ見つからなければ大丈夫。だけど、今は彼もほとんど家にいないから、まず見つかる心配もないと思うよ。あんなことがあった後だし、誰も僕が外出するとは思っていないみたいだからね」

「そうか…」

「どうかしたの？」

頭のいい彗は、無駄口を叩《たた》かず菜央が何か言い出すのを待っている。寝巻きにしている浴衣の襟元から、痛々しいほど尖《とが》った鎖骨《さこつ》が覗いていた。甘くて淋しくて、誰より強い彗。初めてできた大事な友達に、菜央は後悔してほしくなかった。

「明日、橘さんに会いに行く」

「え……」

「俺とあいつの携帯、この間のドサクサで入れ替わったまんまなんだ。それを返しに行くことは、室生もちゃんと承知している。彗、俺がなんとか二人きりにしてやるから、もう一度あいつと話をしろよ」

「で…でも、僕はもう…」

「あんな一方的に終わらせるな。彗、あいつのこと好きなんだろう？」

目に見えて狼狽える彗に、菜央は身を乗り出して訴える。余計なお世話と言われればそれまでだが、なんとか力になりたかった。自分が室生へ踏み込んだように、彗にも勇気を出して彼の世界を変えてほしかった。

「彗が、本当に忘れたいならもう言わない。でも、よく考えてくれ。橘は、おまえがヤクザの息子だからって態度を変えるような、そういう男じゃないんじゃないか?」

「…………」

「お互いの立場があるから、そりゃ気楽なお友達ってわけにはいかないと思う。でも、彗が橘のことを好きなら…それがどんな種類の好きでもいい、まだ諦めちゃダメだ」

「菜央……」

彗の目が、みるみるうちに潤み始める。彼は赤くなった瞳を隠そうともせず、ゆっくりと綺麗な微笑を浮かべた。薄い唇が花のように開き、小さな声で「ありがとう」と呟く。

「菜央、大好きだよ。やっぱり、龍ちゃんには感謝だな」

初めて会った時と同じセリフを口にして、もう一度彗は嬉しそうに笑った。


親父がなんと言おうと、と響は無表情に手近の椅子《いす》へ片足をかける。

「今すぐ、阿久津をぶっ殺す」

そのまま乱暴に蹴《け》り飛ばし、近くに控えていた室生を肩越しにジロリと見た。

「おまえの情報が確かなら、もう証拠がどうだの言ってられるか。警察じゃあるまいし、利用価値もない危険分子は、さっさと片付けた方が利口だ」

「気持ちはわかります。ただ、阿久津は響さんより動かせる兵隊が多い。あなたが小学生の頃から組で働いてきたのは、やはり伊達《だて》ではありません。長年貢献してきた自分より、組長の息子だというだけで年若い響さんがのし上がるのは心情的に許せないでしょう。子分たちへのメンツもありますからね」

「だが、次期組長は俺だ」

凍りつくような眼差しで断言され、室生はふっと表情を和らげる。それでなくては、自分がついている甲斐《かい》がない。誰もわかっていないようだが、響が阿久津に劣っているのは経験値だけなのだ。持って生まれたカリスマ性で若い構成員には絶大な人気を誇るが、残酷で情熱的なこの獣の価値を、今の時点で正しく見極めているのは組長と室生だけだった。

「組長は言ってましたよ。親の情を抜きにしても、組の将来を預けられるのは響さんだと」

「あのジジイなら、そう言うさ。そのために、俺の補佐としておまえを育てたんだ」

「阿久津は、私欲に走る傾向がありますからね。おまけに、女癖が非常に悪い。トップのご機嫌を取りながら、ナンバー2でいるのが似合いです」

室生の言葉にようやく怒りが収まってきたのか、響は両腕を組むと贅沢な革張りのソファにどっかりと座り込んだ。父親から現在のシマを任された時、室生が手配して響専用の事務所を用意したのだが、内装が洗練されすぎていると組の古い人間には不評の部屋だ。そのため室生のような側近しか出入りせず、逆に居心地がいいと響はご満悦だった。

だが、さすがにここしばらくは彼の機嫌も最悪だ。おまけに、今しがた室生が摑んだ情報を聞いたため、響は更に激昂《げっこう》したのだった。

「最初から、おかしいと思ってたんだ。なんで、彗が狙われたのかってな」

引っ繰り返った椅子を黙々と片付ける宮下を目の端で眺め、すぐに室生へ視線を戻す。

「まさか、俺と間違えてたとはね。瀬川組の下っ端なんか使うから、そんなヘマをやらかすんだ。ウチの組のもんなら、まず俺と彗を間違えたりしない」

「そうでしょうね。俺も、ガキの頃から一度もお二人を間違えたことはありません」

「余計なこと言うな」

人に言われるとムッとするのか、ふて腐れた口調で響がテーブルにガン、と足を乗せた。室生がいくら要求しても上等なスーツには目もくれず、今日もライダースジャケットに細身の革のパンツという金のかかったチンピラのような格好だ。それでも風格を失わない点だけは、室生も心の中で評価していた。

(風格といえば…菜央も、磨けばもっと良くなるだろうに)

人目を惹く美貌《びぼう》とスタイルを持ち、自分の贈った素人には着こなすのが少し難しいコートすら難なく似合ってしまう逸品だ。中身の子どもっぽさと教養のなさがタマに瑕《きず》だが、頭の回転だって悪くはない。本人が「取り柄は顔だけ」と思っているし、室生も殊更苛《いじ》めるようなことばかり言ってきたので気づかなくても無理はないが、それなりの教育を施せばどこへ出しても恥ずかしくない優雅な男になるだろう。

（まぁ、あの勝ち気な性格では、おとなしく躾《しつ》けられたりなぞしないか）

響を前にしながら、室生が他人のことを考えるなんて前代未聞だ。だが、彼自身その事実に少しも疑問を抱かなかった。菜央と寝た日から、荒れる響のお守りと急転直下の状況に対応するのに精一杯でつい後回しにしてきたが、あれほど優哉に釘を刺されていたにも拘らず中途半端に手を出してしまったことには、何かしらのカタをつけなくてはと思っている。

（いずれにしても、放っておけば二月には出ていくだろうが…）

それが、必ずしも菜央の望む答えとは一致しないという確信はあった。

だが、どんなに切なく求められても、自分の世界に菜央を引きずり込むことだけは避けなければならない。室生は響のために生きているし、響のために死ぬと決めている。

「室生、おい聞いてんのか？」

「…すみません、なんでしょう」

「おまえ、彗が襲われた日からなんかおかしいぞ。俺んところへ事後報告に来た時はしっかりしてたくせに、帰ってから何かあったんじゃないか？」

「いえ、何も」

取りつく島のない態度で、響の詮索を撥《は》ねつける。そういえば、前にも似たような会話をしたことがあった。菜央を拾った噂《うわさ》を聞きつけ、響からあれこれ質問攻めにあったのだ。

『俺なら、囲うどころか閉じ込めて誰にも触らせませんね』
ふと、その際に自分が口にしたセリフを思い出す。
本当に…と、知らず室生は苦笑した。
このまま菜央を閉じ込めることができたら、どんなにいいだろう。
「とにかく、阿久津を叩くなら慎重に時期を狙いましょう」
一瞬だけ心に浮かんだ願いを急いで打ち消し、室生は事務的に話題を戻した。

6

　こっちこっち、と手招きをし、防寒服に身を包んだ彗を電柱の陰まで呼び寄せる。ただでさえ病み上がりなので彼は何重にも重ね着をし、コートは言うに及ばずマフラーに手袋、ブーツ、更にポケットとカバンにはホッカイロという完全防備だった。

「菜央は、本当にそのコートよく似合うね。モデルみたいで、凄く目立つよ」

「そうかな。これ、室生がプレゼントしてくれたんだ」

「へぇ…。僕、龍ちゃんが誰かにプレゼントしたなんて初めて聞いた」

　無邪気に驚く彗を見て、菜央は妙に照れ臭くなる。だが、屋敷を抜け出したばかりの今はニヤけている場合ではないので、努めて無関心を装った。

「ああ、なんかあいつもそんなことブツブツ言ってたけど」

「龍ちゃん、昔からモテてたからね。貰うことはよくあったみたいで、季節のイベントごとにドサッてプレゼントが届いてた。でも、お菓子なんかは僕や響が食べちゃったなぁ」

「ふぅん、学生時代の室生って想像できないな」

「無口で凜としてて、カッコよかったよ。目つきだけは、今と変わらず怖かったけどね」

　懐かしそうに微笑《ほほえ》みながら、彗はふわふわと白い息を何度も吐き出す。諦めていた橘との逢瀬《おうせ》が目前とあって、心が浮き立っているのだろう。その笑顔を見られただけでも、彼を連れ出してよかったと菜央は思った。

「うまいこと屋敷の奴らの目はごまかせたけど、タイムリミットは二時間てとこだな」

「うん、そうだね。菜央とDVDを観《み》るから、絶対に邪魔しないように言ってあるけど…映画の尺なんて普通はそれくらいだし。いっそ映画じゃなくて、テレビシリーズとかにすればよかったかな。第五シーズンくらいまであるヤツ」

「それじゃ、年越ししちゃうじゃないか。彗、橘と何時間しゃべってるつもりだよ」

菜央がからかうと、彗は顔をほんのり赤らめて「そういう意味じゃ…」と言い訳をする。

実際のところ勤務中の橘がつくれる時間は一時間が限度で、それに合わせて二人も行動しなくてはならなかった。彼の仕事が終わるのは七時だが、今日は大晦日だし陽《ひ》が落ちてから彗を連れ回すのは身体によくないと判断して、なんとか昼に予定を空けてもらったのだ。橘も快く同意してくれ、午後の三時に彼が指定する喫茶店で落ち合う約束になっていた。

「だけど、笑っちゃうよなぁ。俺が連絡した時の橘さんの声、マジで彗に聞かせたかった。慌ててるせいで、いろんな物おっことしてるんだぜ。また、その物音が煩《うるさ》いのなんの」

屋敷が見えなくなったところで、気の緩んだ菜央は思い出し笑いをする。

「神崎でないと携帯を渡さない、なんて頑張っちゃってさ。その理由が、俺を通じて彗ともう一度話がしたいから、なんだもんな。だったら、さっさと自分の携帯を取り返して電話でもメールでもすりゃいいのに。大事なことだから顔を見て話さないとダメだとか、わけわかんねぇよ。いつの時代の人間だっつうの」

「でも、どうせメールや電話を貰っても、僕は寝込んでいて出られなかったから…」

真面目に橘のフォローをする彗に、はいはいと菜央は肩をすくめた。自分が男の室生に惚れてるから言うわけではないが、二人の間にはどう見ても「友情」ではなく「愛情」が育っている気がする。橘の気持ちはわからないが、少なくとも彗はそうだろう。

（たった一度会っただけ…しかも、お節介で熱血で鬱陶しいあんな男をねぇ…）

橘のことだから、メールや電話を使って病弱な彗をずっと一生懸命励ましてきたに違いない。確かに鬱陶しい面はあるが、彼は決して無神経ではなかった。そこら辺は、付き合いの長い菜央もよく知っている。きっと、橘の頑強で真っ直ぐな人柄が彗には好ましかったのだ。

（それも、無理ないか。あいつを溺愛《できあい》してるのって、響とか室生だもんなぁ。なんか、ニコニコ笑いながら人殺しとかしそうだし。阿久津を潰すって言った時、室生の奴、目がきらきらしてすげぇ楽しそうだったしな…）

そういう観点から見れば、橘はかなり異質な存在だ。

（いや、違うって。橘さんが普通なんだよ。異質なのは響や室生の方だろ）

自分も、だいぶ周囲に感化されてきたのかもしれない。やばいなぁ、と思う反面、ほんの少し室生に近づけた気がして菜央は単純に嬉しかった。

「彗、大丈夫か？　やっぱり、タクシーを捕まえようか」

「平気だよ。橘さんが待ってる喫茶店って、駅前の『コットン』だったよね。歩いても十分ちょっとだし、あの辺りは道が混《こ》むから車の方が時間かかると思うんだ」

「そうか。じゃ、しんどくなったら言えよ」

頷く彗の足取りは、ゆっくりではあったが不安を覚えるほどでもない。屋敷は喧噪を離れた高級住宅街の一角にあるので、駅前の賑《にぎ》やかな通りまで出るには人通りの少ない道をしばらく歩かねばならなかった。

「今日は大晦日だから、さすがにざわついてると思ったけど静かだね」

「駅前は、きっと賑やかだぜ。彗は、初詣《はつもう》でとか行くのか？」

「正月になると、組の偉い人たちが挨拶《あいさつ》に集まるんだ。それで、この間みたいな事件がまた起きるとまずいから、父さんはその席で響を正式に跡目として推薦するつもりみたいだよ」

「じゃあ、完璧《かんぺき》に響で決まりだな」

「ところが、そんな単純なものでもないみたいなんだ」

後ろから車の近づく音がしたので、道の端に移動しながら彗が答える。

「跡目として認められるには、幹部会の承認が必要なんだって。ウチだけじゃなくて傘下の主だった組の組長さんたちも呼ばれて皆で話し合うんだよ。それが二月頭にあるから、本当はその直前まで父さんも黙っているつもりだったんだ。でも…」

「台頭してきた響を怖《おそ》れて、もう一人の候補が暴走し始めた、と」

「…そう。だから、早めにはっきりさせた方がいいって。なんだかんだ言っても、父さんの後押しがあるのは強みだから。そうすれば、阿久津さんも迂闊《うかつ》なことできないし」

「どうかなぁ。分別なんか、とっくになくしてる感じがするぜ？　それに、室生の様子を見てると相手を泳がせてボロを出すのを待ってる気がしないか？　潰したがって、ウズウズしてるみたいだしさ。でも、何も手を打たないよりは…彗？　おい、彗？」

すぐ後ろを歩いていたはずの彗から、なんの返事も返ってこない。もしや倒れているのではないかと青くなり、菜央は慌てて後ろを振り返った。

「菜央っ！　逃げてっ！」

「彗！」

一体、目の前で何が起きているのだろう。

見慣れない男たちに捕らえられ、彗が今しも黒塗りの乗用車に押し込められようとしている。菜央は弾かれたように駆け出し、無我夢中で男の一人に飛びかかった。

「おまえら、なんだよっ。彗を離せっ、離せったらっ！」

「菜央っ、菜央、ダメだっ！　早く逃げて！　逃げ…」

「うるせぇっ。いいから、こいつらまとめて連れてけっ」

リーダー格の男が他の二人に指図し、暴れる菜央の左頬を平手で無造作に殴り飛ばす。それを見た彗が息を飲んで駆け寄ろうとしたが、羽交い締めにされたまま無理やり後部座席へと引きずられていってしまった。

「…ちっ…くしょ…」

殴られた衝撃でよろけたところを、残りの一人に引っ張られる。乱暴に車内へ突き飛ばされ、先に乗せられていた彗と思いきりぶつかった。呆然とする間もなく急いで彼の無事を確認しようとしたが、次の瞬間、布製のガムテープで目と口を素早く塞《ふさ》がれてしまう。彗も同じ目にあっているらしく、息苦しそうな声が微かに漏れ聞こえてきた。

「いいぞ、出せ」

先ほどの男の命令で、何事もなかったように車が走り出す。拉致《らち》した連中の一人が菜央の隣に座り込み、再び暴れ出す前に今度は手首をぐるぐる巻きにされた。

（彗は…彗は無事なのか…）

もがく気配と息遣いから、まだ意識があることは確実だ。とりあえずホッと安堵《あんど》し、菜央はシートに埋もれるようにして置かれた状況を考えた。

（こいつら、きっと瀬川組の奴らだ。だけど、なんでこんな真似を…）

この間はいきなり撃ってきたのだから、殺すつもりだったはずだ。だが、生きたまま拉致となると少し事情が変わってくる。優哉に何度も「部外者」を連発された菜央は、同じように身内とはいえまるきりカタギの彗がどうして真っ先に狙われたのか、もともと不思議で仕

方がなかった。

(瀬川組ってことは、一ノ瀬組のことはよく知らないんだよな。多分、上からの命令に従ってやってるだけなんだ。だったら…この前は、彗と響を間違ったのかもしれない。彼らは一卵性で顔はそっくりだし、雰囲気の違いなんて本人を知ってなきゃわからないもんな)

車の振動が、徐々に荒々しいものへと変わっていく。ろくに舗装されていない裏道を通って、人気《ひとけ》のない場所を目指しているのだろう。まだ車に乗って二十分くらいだから、街の外れにある廃工場の付近かもしれない。あそこなら周囲に民家はないし、幽霊が出るという噂がたったのであまり人が寄りつかないのだ。

(大垣《おおがき》さんが廃墟《はいきょ》マニアで、一回連れていかれたんだっけ)

自分を刺した男の顔がボンヤリ浮かび、菜央は笑うに笑えなかった。もし自分の推理が正しければ、なんだかこれは彼の復讐《ふくしゅう》のようではないか。

(橘さん…もう店に来てるよな…)

隣の彗を気遣いながら、菜央は途方に暮れた気持ちになった。

「彗と菜央が、まだ現れない？」

発信元が菜央の携帯電話だったので、ためらわず電話に出た室生は思わず眉をひそめる。かけてきた相手は以前会った熱血刑事で、「待ち合わせの場所に二人が来ない」とわけのわからないことを言い出したからだ。

「ちょっと待て」

彗の話題となると響が黙っていないので、事務所にいた室生は携帯電話を繋いだままそっと一人で廊下へ出た。

「おい、さっきから、一体なんの話をしているんだ」

『だから、彗くんと会う約束を三時に…』

「三時に？　一時間前か」

『ああ。神崎も一緒だから安心していたんだが、二人揃って来ないんだ』

「………」

『この携帯はあいつのだし、バッテリーが切れないように電源も切っていたんだが…どうも嫌な予感がするんで、悪いと思ったが使わせてもらった。何か心当たりはないか？』

一時間程度の遅刻なら、大騒ぎするほどのものじゃない。普通ならそう言って冷たく電話を切るところだったが、二人が絡んでいるとなればそうもいかなかった。なにしろ、つい先日「正月の席で、響を跡目候補に推薦する」と組長が突然言い出したため、組内は騒然となっているのだ。

(菜央は、携帯の交換をするだけだと言っていたが…腹ん中じゃ、彗を刑事に会わせてやるつもりだったのか。舐《な》めた真似しやがって…)

昨夜、室生は刑事の携帯電話を渡す時に「今日から三日まで、優先生の診療所を手伝いに行くから」と菜央自身から言われている。優哉のところなら、と特に反対もしなかったが、まさか裏でキューピッドの真似事をしているとは思わなかった。

あの野郎、と室生は苦笑を禁じえない。

澄ました顔をして、よくも俺を騙してくれたものだ。

「申し訳ないが、俺にも彼らの居場所はわからない」

『…そうか。おまえなら何か知っているかと思ったが…あいつら内緒で…』

「彗に会って、どうするつもりだ。この間、俺たちには関わるなと言ったはずだ」

刑事の呟きが癇《かん》に障り、我ながら取りつく島のない声が出る。けれど、さすがに向こうも本職だけあって、少しも怯《ひる》んだ様子もなく言い返してきた。

『ああ。確かにおまえの言う通りだ。俺とおまえは、住む世界が違う』

「だったら…」

『だが、それはあくまで肩書きだけの問題だ』

妙に吹っ切れた声音で、相手は堂々と答えを口にする。電話口の向こうで彼がどんな顔をしているのか、迷いのない口調から室生にも容易に察することができた。

『あれから、ずっと考えて出した結論なんだ。俺が刑事で彗くんが一ノ瀬組の身内だという事実は、もちろん無視はできない。でも、俺はあの子の優しい気持ちが好きだ。彗くん自身と家のことは関係ない。そのことを、彼に会って話すつもりだった』

「脳天気なことを…」

『そうか？　世の中、小難しく考えたらキリがないじゃないか』

「………」

『神崎だって、見かけは派手だが中身は普通の子だ。むしろ、物の見方は人より真っ直ぐだと思う。確かに、あいつがしてきたことは褒められたものじゃないが、少なくとも俺は住む世界が違うとは思わない。そんなことで、あいつと関わるのをやめたりなどしない』

聞いている間に、室生は苛々《いらいら》している自分に気づく。昔から正論というヤツが大嫌いで、それを口にする人間とは絶対に相容《あい》れないと思ってきた。ところが、今まさに天敵とも呼ぶべき相手が登場し、あまつさえ弟のように可愛がっている彗を「好きだ」とぬかしている。それなのに、自分は黙って彼の話を聞いているのだ。

「肩書きなど関係ない、と言ったな？」

考える前に、言葉が口をついて出てきた。

「それなら、おまえが更生を望んでいる神崎菜央が、ヤクザと同棲というのはどうだ？」

『な…どういう意味だ…』

「言った通りだ。お互いが好き合っていれば、関係ないんだろう？」

『………』

さすがに即答はできかねるのか、僅かな沈黙が訪れる。だが、室生には彼がなんて答えるつもりかもうわかっていた。信念を持ったバカほど、扱いにくい者はいない。

「戯《ざ》れ言はここまでだ」

これ以上クサいセリフなど聞きたくなかったので、さっさと自分から切り上げる。

「話を戻そう。二人が約束通りに来ないなら、どこで何をしていると思う？」

『それがわからないから、おまえに電話したんだっ』

「わかった、そうカッカするな。俺も少し引っかかるし、人を使って捜させよう。特に、彗はこの間まで熱を出して寝込んでいたからな。ぶり返したら厄介だ」

『頼む。何かあったら、この携帯へ連絡してくれ』

「…おかしなものだ」

ふっと自分たちの会話を顧みて、室生は自嘲気味に微笑んだ。

「取引でもないのに、刑事から頼むと言われる日が来るとはな」

『それこそ、肩書きのいらない話だったからだろう？』

負けじと言い返された言葉に、今度こそ笑いだしそうになる。

そう、やっと思い出した。

この面倒臭くて暑苦しい刑事は、確か橘という名前だった。

「彗…大丈夫か…？」

「うん、僕の方は大丈夫。それより、菜央…」

「ん？」

「左の頬、赤くなってる…痛くない？」

「こんなの、殴られたうちに入るかよ。平気、平気」

笑うと腫《は》れた部分が痛むので、ぎこちない笑顔で菜央は答える。だが、彗は沈んだ表情で視線を落とすと、今にも消え入りそうな声で言った。

「…ごめん。僕が一緒にいたせいで、菜央まで巻き添えに…」

「気にすんなって。すぐに、助けが来るからさ。それまでの辛抱だよ」

明るい口調で元気づけてから、ちらりとコートで隠した携帯電話を見る。どれだけバッテリーが持つかわからないが、なるべく早く誰かが気づいてくれるように、と祈った。

菜央の予想通り、二人が連れていかれたのは街外れにある廃工場跡で、今は責任者の部屋だったらしき一室に監禁されている。出入り口は工場内に通じるドアだけで、奇跡的にガラスの残った窓からは陽が落ちる寸前の光が差し込んできていた。室内には安物の錆《さ》びた机とスチール製の本棚、ボロボロに破れてあちこちバネが飛び出した合皮のソファやゴミなどが散乱し、見ていると幽霊の噂も妙に信憑性《しんぴょうせい》を帯びてくる。だが、本当に怖いのは生きている人間の方だと、ソファに座らされた菜央たちは身を持って実感していた。

「どれくらい、時間がたってるのかな」

「さぁな。俺たちが攫《さら》われたのが二時半頃だとすると、そろそろ外も暗くなってきてるし、三時間はたってるんじゃないか？　少なくとも、待ち合わせには大幅に遅刻だ。橘さんがなんか変だって思ってくれると助かるんだけど…あいつ、そこまで気が回るかなぁ」

「うん、僕は信じてる。橘さんは、きっと僕たちを捜してくれてるよ」

お互いの顔がかろうじて判別できる薄闇《うすやみ》の中、彗が信頼を込めた微笑を見せる。室内には見張りの男が一人残っているので、二人は極力声を潜めてこっそりと会話を続けていた。

「だけど、目と口だけでもテープを剝がしてもらえてよかった。不幸中の幸いだね」

「どうせ逃げられないって、わかってるからだろ。部屋の外にだって、少なくともあと二人はいるはずだし。俺と彗じゃ、殴り倒して突破ってわけにもいかないしなぁ」

「菜央の言うこと、聞いておいてよかったよ」

「え？」

「すっごく厚着してるから、暖房なくても寒くないんだ。これで、ポケットのカイロが取れれば最高なんだけど。菜央は大丈夫？　僕より薄着でしょう」

「心配すんなって。俺のコート、めちゃめちゃあったかいから」

　こうなると、室生の贈り物はグッドタイミングだったといわざるをえない。もし着たきりスズメのジャケット一枚だったら、凍えて話どころではなかっただろう。だが、見張りの動向を気にしつつも、今は会話をやめるわけにはいかないのだ。

「ここって、街外れの工場跡だよな。前に来たことがあるんだ」

「幽霊の噂なら、僕も聞いたことがあるよ。僕たちを攫った三人の男の人たちは、そのこと知っているのかな。でも、武器を持っていそうだから怖くないのかもね」

「てめぇら、さっきからうるせぇぞっ」

　何度も同じ内容がループしているので、部屋の隅に立った見張りが苛々と怒鳴りつけてくる。あまり神経を逆撫でして、再び口を塞がれたのではたまらない。菜央と彗は顔を見合わせると、仕方なくしばらく黙ることにした。


　宮下が車を停め、前方から血相を変えて駆けてくる橘を確認する。先刻から険しい様子で携帯電話を離さずにいた室生は、「来ました」と報告を受けて憂鬱そうに顔を上げた。

「室生っ、彗くんと神崎から連絡があったって本当かっ？」

「大声を出すな。正確には、連絡を貰った奴から俺へ電話が来たんだ。そいつから携帯は預かってきたが、ついさっき菜央たちの声は聞こえなくなった。とにかく乗れ、人目がある」

あくまで冷静に対応する室生に、橘は焦れた様子で乱暴に隣へ乗り込んでくる。彗と待ち合わせた時間から、すでに三時間が経過していた。新年まであと半日と迫った街はますます賑わいを増し、車を停めた裏通りにまで喧噪が届くほどだったが、窮地に立たされた二人の男にとっては違う世界の出来事にしか思えなかった。

「とにかく、最初から説明してくれ。まず、連絡があったのは何時だ？」

「五時だ。彗と菜央を拉致したと、あいつらの写真付きで俺の携帯に電話が入った」

「おまえの携帯だと…？　それなら犯人は絞れるんじゃないか？」

「俺が今使っているのは、仕事用の公的な携帯だ。組の人間で、ある程度の地位にいる奴ならすぐに調べがつく。そこから誰に漏れるかは、俺の知ったこっちゃない」

冷たくそう言い返しはしたが、番号を流したのが阿久津なのは明白だ。調べたところ、彼は自宅に自分の舎弟を呼び寄せて年越しのための宴会に興じているようだが、裏で全ての糸を引いていることは間違いなかった。

「…宮下」

室生が運転席の宮下へ声をかけると、彼は無言で大きめの茶封筒を差し出してくる。室生はそこから数枚の書類を取り出すと、手の中で弄《もてあそ》びながら橘に向かって言った。

「取引だ」

「何…」

「あんたには管轄外だろうが、ここに拉致事件の黒幕と実行犯の瀬川組の繋がりを示す幾つかのデータがある。だが、警察に任せたところで大した罪にはならないだろう。たかがヤクザ同士の揉め事で、あんたらが本気になって動くとは思えない。だがな、それじゃあ俺たちのメンツは立たないんだよ。わかるだろう？」

わかるだろう、と言われて、橘が素直に頷くわけがない。しかし、言った室生の方ももちろん同意が欲しいわけではなかった。

『室生、菜央ちゃんから連絡が入ってる』

いつになく緊迫した声で優哉が電話をかけてきた時、室生はちょうど事務所を出ようとしていたところだった。ただでさえ非常事態なのに、橘と話している間に響が黙って姿を消してしまったからだ。菜央たちに続いて彼までも…と苦々しく思いながら、宮下に命じて人を集めている最中、非通知で携帯電話が鳴った。菜央たちを拉致した犯人からのもので、響を動かすならあんたが適任だろうといやらしい口調で解放の条件を言ってくる。結局、話を詰める前にまた連絡すると一方的に切られてしまい、有力な手掛かりは何も得られなかった。

とにかく情報がない以上、今は響を捜すのが先決だ。そう決心して心当たりを回ろうとしていた矢先、優哉から意外な電話が入ったのだった。

『菜央から？　なんて言っている？』

『いや、それが…。実は、響が俺のところに来ていてさ…』

『なんだと？』

『あいつ、彗の携帯を持ってたんだよ。どうしたんだって訊いたら、どうもイブの日にあの子が会っていた相手が刑事だって知って、えらいショックを受けたらしくてさ。菜央ちゃん、〝彗は大好きな人に会いに行く〟とか言ったんだろ？　そりゃあ、男で刑事ってのは衝撃だよな。だから、彗が寝込んでいる時に問題の刑事とやり取りしていたメールを、こっそり読んじまったんだと。で、後から返すに返せなくなった、と』

『彗は気づかなかったのか？　自分の携帯がなくなっていることに？』

集まった連中を事務所で待機させ、宮下に車を回させる。こんな悠長な話をしている場合ではないのだが…とは思ったが、響の居場所がわかったのは収穫だった。けれど、一番知りたいのは菜央が連絡してきた内容だ。室生が急《せ》かすように先を促すと、優哉は「それなんだよ」と真剣な口調で話を戻した。

『彗は、どうやら響が携帯を持っていったのを知っていたみたいだな。でも、問い詰めずに戻してくれるのを待っていたらしい。お陰で、ますます響は返しづらくなっちまった。だけど、結果的にはそれでラッキーだったな。ここに、響が持ってきた彗の携帯がある。橘って奴の携帯から電話がきて、今もずっと繋がったままだ。菜央ちゃんが、かけてきてるんだよ。自分たちの居場所を知らせるために』

『確かに、橘の携帯は菜央が持っているが…本当に本人なのか？』

『もちろん。雑音がひどくてあまりよく聞こえないんだけど、たまに小さな声で彗と会話をしているんだ。何度も、同じ内容を二人で一生懸命くり返してる。場所や時間、その場にいる男の人数とかね。なぁ、室生。あの二人、どこかへ連れ去られたのか？』

　室生は、一瞬答えるのを躊躇《ちゅうちょ》する。いくら優哉が自分たちと近いとはいえ、ヤクザというわけじゃない。そんな相手にどこまで説明していいのか、すぐには判断がつきかねた。まして、彼の隣には響がいる。ただでさえ気が立っているのに、彗の誘拐を知ったらどんな暴走をするかわかったものではない。

（いや…もう今更か…）

　かかってきた電話の奇妙さに感じるものがあったからこそ、響は室生の目を盗んで事務所から出ていったのだ。そこで、どうして優哉の元へ行くのかは理解に苦しむが、真っ先に相談するはずの自分を差し置いて、というところに室生は引っかかった。

『優哉、悪いが響さんに代わってくれ。大事な話だ』

　ちらりと覗いた腕時計は、すでに六時近くになっている。周囲はすっかり闇に包まれ、宮下が気を利かせて車内のヒーターの温度を少し上げた。夜空が澄んでいるところを見ると、今夜は特別に冷えそうだ。菜央も彗も、一刻も早く助け出してやらねばならない。

『響だ』

いきなり、噛みつくような声音で響が出た。勝手な行動をして、室生に叱《しか》られるのを警戒しているのだろう。怖いもの知らずのようでいて、変な時に甘さが出る。これから話す内容に彼がどんな反応を示すか想像した室生は、八つ当たりをされるであろう優哉に同情した。

『もうおわかりかと思いますが、彗と菜央が拉致されました』

『…ああ』

『あなたが俺の目を盗んで出かけている間に、犯人から俺の携帯へ電話がありましたよ。不鮮明ですが、二人の写真もついていたのでまず間違いないでしょう。解放の条件は、明日の組長からの推薦です。すでに正月に集まる幹部連中には抜けていますが、予定では息子のあなたが推薦されるはずだった。それを…』

『辞退するか、阿久津に切り替えろってことか』

『そうです。確認した後、明日の夕刻には彗たちを解放すると』

『無傷でか？　バカバカしい。そんな話、信じられるか』

さぞや激しく激昂するかと思いきや、意外にも響は冷静だ。静かに燃える殺気は電話越しでも充分すぎるほど伝わってきたが、口に出してはそれ以上の罵倒はなかったし、覚悟していた物を壊す音も一切聞こえてこなかった。

『一度要求を飲めば、阿久津は二度と俺を怖れなくなる。彗が無事だって保証もない。あいつは瀬川組と共謀して、一ノ瀬組をいいように扱うつもりなんだ』

『はたして、そう上手くいきますかね。いくら幹部に根回しをしても、うちには金で動かない連中も多い。古株の彼らにとって、組長の意見は何よりも絶対だ。だからこそ、響さんが候補を降りない限り、推薦を受けたあなたの勝ちは決まったも同然なんですよ』

『なんだ、室生。おまえ、彗を見殺しにしろって言ってるのか？』

僅かに気色ばんだ様子で、響が詰問する。むろん、そんなことを室生が勧めるはずなどないのを承知しているのに、だ。努めて取り乱さないように努力しているが、やはり心の内側では彼なりに葛藤が続いているのだろう。

(やっぱり、ここは優哉に任せた方がいいな)

響が彗へどれだけ執着しているか、組の幹部なら誰でも知っている。だから、前回の失敗を踏まえ、今度は標的が兄の彗だとわかった上での犯行だった。危険な橋を渡って響自身を狙うよりも、よほど有効な手段だと阿久津が入れ知恵をしたのに違いない。

『響さん、一つお訊きしたいのですが』

『なんだよ？』

『何故、俺を頼らずに優哉のところへ行ったんです？』

『…………』

室生にとって、それは少なからずショックな行動だった。まして組内の問題が絡んでいるのだから、本来なら最優先で自分が掴んでいなくてはいけない情報だ。それなのに、菜央から不審な電話がかかってきたことを黙ったまま、響は事務所からいなくなった。

『答えてください。事と次第によっては、俺も進退を考えなくてはなりません』

『菜央が…』

『え？』

『だから、菜央の奴が…』

言い難そうに何度かためらってから、半ば自棄《やけ》になって響は答える。

『攫われたのが彗だけなら、俺だってすぐに室生へ話したさ。けど、電話から聞こえてきた話じゃ菜央が一緒みたいだったし、彗が巻き添えにしてごめんって謝ってたんだ』

『それと…俺にどういう関係が…？』

『とぼけてんじゃねぇよ。てめぇが菜央に手を出したことくらい、知ってるんだからな』

『………』

『何をどうしたって、彗は一ノ瀬組の人間だ。こういう危険が伴うのは、あいつだって周りの俺たちだって頭のどっかで覚悟してる。でも、菜央は違うだろう。たまたま室生が拾っただけの、面の綺麗なただのガキだ。巻き添えを食らわせたことで、おまえが欠片でも私情に走ったら困るんだよ。だから…まずは優哉に相談を…』

『室生のことなら、付き合いの長い俺の方が知ってるからってさ。そんなわけで、俺がおまえに連絡したわけだよ。菜央ちゃんが一緒なら、尚更《なおさら》早く教えてやんないとまずいだろ』

言葉に詰まった響から電話を横取りし、優哉が急いでオチをつける。下手をしたら響と室生の信頼関係にまでヒビが入りかねないことを、彼もよくわかっているのだろう。

(俺が…私情に走るだと…？　なんでまた、そんなバカなことを…)

何から理解していけばいいのか、室生は軽く混乱した。彗と菜央を救出し、阿久津を叩くには今が絶好のチャンスだ。けれど、響は菜央のことで自分が私情に走るのを懸念して、優哉に相談をしに行った。それは、彼が「菜央絡みだと室生が暴走する」と思ったことを意味している。たかが一度寝ただけの相手のために、自分がそんな真似をするとまさか本気で考えたのだろうか。そうだとしたら、それはずいぶん…——。

『室生？　どうした、室生？　おいっ』

室生がいつまでも返事をしないので、優哉が珍しく焦っている。だが、構ってなどいられなかった。室生自身気づかなかった感情を、子どもに見抜かれたのだから当然だ。

『まいった…』

『何がだよ、おい、まともな返事をしろってっ』

『…優哉。これからそっちへ向かうから、問題の携帯を預からせてくれ。彗たちの安全を考えて、人は使わずに俺があいつらを取り返してくる。今晩中にはカタがつくだろうから、悪いがそれまで響さんを頼む。いいか、逆らうようなら薬で眠らせてでも引き止めろ』

『いいの…かよ…』

『ああ。響さんは、跡目候補の大事な身体だ。危険な目にあわせるわけにはいかない』

それから、と携帯電話を切る寸前、室生は思い出したように付け加えた。

『菜央が診療所を手伝うと言ったそうだが、悪いがキャンセルにしてやってくれ』

『や、そんなのは構わないけど…なんだ、やっと室生も認めたわけ？　じゃあ、あれか？　無事に菜央ちゃんを取り戻した後は、二人で甘く過ごすとかって…そういう…』

『おまえが、何か下品なことを考えているのはわかる。だが、残念ながら外れだ』

『え、違うんだ？』

思いきり肩透かしを食らわされた声に、非常時にも拘らず薄く笑いが込み上げてくる。それは少しも愉快な笑みではなかったが、お陰でほんの少しだけ室生は救われた。

『約束より早いが、菜央には街から出ていってもらう』

『え……』

『今日のことで、あいつも懲《こ》りただろう。俺も、素人のお守りは今回限りにしたい』

『室生……』

室生の気持ちを汲《く》み取ったのか、優哉はそれきり黙り込む。

彼から預かった携帯電話は、まだ途切れず菜央たちと繋がっていた。

「――それで、取引っていうのは？」

拉致のあらましをざっと説明された橘が、不快な表情を隠しもせずに言った。

「言っておくが、法に触れる真似はご免だからな。それくらいなら、おまえの手など借りないで俺は自力で彗くんと神崎を助け出す」

「手掛かりもないくせに、ずいぶんご立派な意見だ。だが、別に悪い話じゃない」

室生は思わせぶりに黙ると、茶封筒の中から別の薄い封筒をゆっくりと取り出す。本当は切り札として取っておいたものだが、別の使い方を試すのも悪くはなかった。

「それは…」

「刑事さんには、署内にお知り合いも多いだろう？　こちらは、うちの若頭の阿久津が経営している会社の裏帳簿をコピーしたＭＯだ。これを渡す代わりに、今晩の件は忘れろ。いいか、俺が何をしようとおまえは何も見なかったことにするんだ。それが約束できるなら、クスリに脱税に人身売買…ありとあらゆる犯罪の詰め合わせの証拠をプレゼントしてやる」

「おまえ…正気か…？」

「あんたの直接の手柄にはならないが、少なくとも間接的に彗の敵を潰すことはできる。この先、あの子が危ない目にあう可能性も減るだろう。悪い取引じゃないはずだ」

「………」

どうする、と目で問いかけ、相手の迷う顔にほくそ笑む。先ほど聞いた菜央たちの会話から、彼らがどこに監禁されているのか特定できた。後は、この熱血刑事が自分の仕事の邪魔をしないよう手を打っておくだけだ。

「俺は……」

橘が、決心したように顔を上げる。

返事を聞いたらすぐ車が出せるよう、宮下がハンドルを握り直した。

窓から射《さ》す月明かりが、室内で唯一の光となった。

何時間くらいこうしているんだっけ、と菜央は吐く息の白さに顔をしかめる。陽が落ちると同時に気温はどんどん下がっているし、見張りの男もずいぶんと寒そうだ。傍らでジッとしている彗の様子を窺《うかが》いながら、体力が持てばいいけど…とだんだん心配になってきた。

車から降ろされて部屋まで連れていかれた二人は、「座っておとなしくしていろ」と乱暴にソファへ突き飛ばされた。その際、菜央のポケットから橘の携帯電話がひじ掛けの方へ転がり落ちたのを、彗も目敏《めざと》く見ていたのだ。目と口のガムテープを剝がされた時に携帯電話は取り上げられていたのだが、まさか二つ持っているとは犯人たちも思わなかったらしい。一人残った見張りが窓の外を警戒している隙《すき》に、彗が不自由な指先を必死に操ってとにかく携帯電話の電源を入れることはできた。だが、考えてダイヤルしている余裕はなかったので、どこかに繋がれば…という思いで押したボタンが——短縮の1だったのだ。

だから、彼らは携帯電話が一体どこにかかったのか、ちゃんと繋がって相手が聞いていてくれるのか、まったく何もわからない。携帯電話自体も見つかったら最後なので、菜央がコートの端で隠しており、先方の物音や声が漏れないようにも気をつけた。

「彗、寒くないか？」

「うん、大丈夫だって。それより、もしかしたら僕たちここで新年を迎えちゃうのかな」

「うっわ、最悪。そうなったら、なんか…」

「なんか？」

「…笑える。そうきたかって感じ。俺、今夜は優先生の手伝いする約束しててさ。怪我人や酔っぱらいに囲まれて、カウントダウンするもんだとばっかり…」

「てめぇら、ゴチャゴチャうるせぇぞっ！」

寒さで苛々しているのか、見張りの男が大声で怒鳴りつけてくる。だが、それだけでは気が収まらないのか、吸っていた煙草を壁で揉み消すと手の中のサバイバルナイフをちらつかせながら二人の前までやってきた。見かけは三十そこそこといったところだが、貧相な身体つきといい、前歯の欠けただらしない口許《くちもと》といい、これなら未成年の宮下の方が何十倍も貫《かん》禄《ろく》がある。どうやら彼は外にいる年長の二人より格下らしく、「腹が減った」だの「とんだ晦日になった」だのブツブツ文句を言い続け、先ほどから退屈しきっている様子だった。

「なんなんだよ、おまえら。ぴったり寄り添って、お嬢様ごっこか？」

蒼白《そうはく》になった彗をねめつけ、屈んだ彼は額《ひたい》を突きつけんばかりにして絡んでくる。

「…ったく、驚きだよなぁ。一ノ瀬組っていったら、そこらのチンピラが名前聞いただけでビビっちまうんだぜ？　そこの息子が、こんなか弱い女みたいな面した奴とはね」

「僕は、組とは関係ありませんから」

「関係なくたって、親父だろうがよ。ま、俺もあんたなら楽できて助かったけどな。こないだウチの奴らが響を殺《や》れって命令された時は、心底同情したもんだぜ。あっちは、あんたと違ってマジもんでキレちゃってるからよ。怒らせたら、何すっかわかんねぇだろ」

「だったら、もうとっくにヤバくなってるよ」

なんとか彗から奴の気を逸らさなくては、と菜央がここぞとばかりに口を挟んだ。挑発するような声音と不敵な表情を見て、男は計算通りにカッとなる。素早く菜央に向き直ると、コートの襟を片手で摑んで安っぽく睨みを利かせてきた。

「てめぇ、今なんつった？」

「とっくにヤバいって…そう言ったんだよ」

「なんだと…」

「響がどれだけ彗を大事にしてるか、噂にでも聞いたことないのかよ。俺だって、こいつを外に連れ出そうとしただけで銃で撃たれそうになったんだぞ。ましてこんな悪どい真似なんかして、後でどれだけの報復が待ってるか想像もできないね」

「…………」

思いつくまま口にしただけだが、相手に恐怖を与えるには充分だったようだ。サッと顔色を変えた男を見て、(どれだけ悪評がたってるんだよ)と菜央は本気で呆れてしまった。響に前科はないようだが、この様子だと室生の後始末が上手なだけで裏では何をしているかわかったものではない。

「う…うるせぇっ!」

胸に渦巻く不安をぶつけるように、男が菜央を突き飛ばした。弾みでソファから飛び出ていたバネに強く当たり、右の頬がざっくり切れる。彗が小さな叫び声を上げ、夢中で身を乗り出そうとしたが、血を見て興奮した男は続けて菜央の腹を蹴り上げた。

「…ぐっ……」

鋭い痛みに息が詰まり、一瞬わけがわからなくなる。俯いた拍子に顎からぬるりと血が滴り、コートの袖口《そでぐち》に鮮やかな斑紋《はんもん》を幾つもつけた。

「菜央っ、菜央っ!」

ソファにうずくまる菜央の身体を、男が笑いながら何度も踏みつける。なんとか止めようと彗が必死でぶつかるが、相手は煩そうに片手で追い払うだけだった。

（ダメだ…このままじゃ彗が…今度は彗が殴られる…）

　それだけは避けなければと、菜央は遠のく意識と懸命に戦う。巻き添えにしてごめん、と彗は謝っていたが、自分が橘と会わせようとさえしなければ彼は拉致されずに済んだのだ。柄にもなく橋渡しなんかしようとして、却《かえ》って彗を危険に晒してしまった。だから、自分はどうなっても、彗だけには指一本触れさせてはならない。

「す…い…ダメ…だ…」

「菜央っ、大丈夫、菜央っ」

「いい加減、黙りやがれっ！　このクソガキがっ！」

　何度追い払っても諦めない彗に、とうとう男が切れたようだ。いきなり彗に向き直り、繫がれた手首をきつく捻《ひね》り上げる。それでも彗は怯まずに、腕を取られたまま無茶苦茶《むちゃくちゃ》に男を蹴り始めた。ほとんど威力はなかったが、おとなしい見かけにそぐわぬ攻撃は相手をそれなりに驚かせたらしい。その一瞬の隙を見逃さず、菜央が全身の力を込めて男の身体に体当たりを食らわせた。

「うわっ」

　不意の衝撃は効果をもたらし、直後に彗の腕が自由になる。彼は機敏に身をかわすと、前のめりに倒れてきた男を避け、急いで菜央の傍へと走り寄った。

「菜央、血が…大丈夫、菜央…」

「いいから、早く窓から逃げろっ。ドアはダメだ、工場内に仲間がいるっ」

「で、でも…」

「俺のことは構うなっ」

狼狽《ろうばい》する彗を叱り飛ばし、菜央は体勢を立て直そうと立ち上がりかける。だが、その途端ぐらりと視界が歪み、（まずい）と思った時にはもう足が動かなかった。半泣きになった彗の顔が何重にもだぶって見え、頭の芯《しん》がぐらぐらと揺れ続ける。

それでも、まだ倒れるわけにはいかなかった。彗だけでも無事に逃がして、響の元へ返してやらなければならない。室生はどうしているだろう、とふと思ったが、あっという間に面影は現実に押し流されてしまった。

「早く行けっ、彗っ！」

我を取り戻した菜央は、必死の思いで彗を怒鳴りつける。

「彗、行けったらっ」

「嫌だよ、菜央を置いていけないよっ」

「ヒロインみたいなこと言ってないで、さっさと逃げてくれっ。そうでないと…」

「菜央――」

彗が瞬時に表情をなくし、恐怖に目が見開かれる。一体何を見ているんだろうと、菜央は不思議な思いで彼を見つめた。そうか、噂になった幽霊が出たんだな。そんな場違いなことを考えながら、彗の視線を追って後ろを振り返る。

「この、ガキどもがあああっ！」

振り上げられたナイフが、月に反射してきらめくのが見えた。

次の瞬間、刃の光が視界を覆い、菜央の頭は真っ白になる。

（室生……！）

反射的に室生の名前を呼び、その唇を思い出した――刹那《せつな》。

「菜央、彗、しゃがめ！」

扉が勢いよく開き、聞き覚えのある声がする。有無を言わさぬ迫力に、菜央と彗は慌ててその場にしゃがみ込んだ。同時にパン！　と破裂音がし、男がナイフを構えたままもんどりうって床へ倒れる。右肩からどくどくと血が溢れ出し、彼は苦しげな呻《うめ》き声を漏らしながら芋虫のようにひくついた。

「まったく…上手く外す方が難しいんだぞ」

「室生…さん……」

眉間《みけん》に皺《しわ》を寄せて、室生がコートの内側に銃をしまう。それから、男の握っていたナイフを上等な革靴で蹴り飛ばすと、座り込む菜央へついでのように視線を移した。

「室生さん…俺…」

「唯一の取り柄が、台無しだな」

「いきなり、それかよ…」

普段と何も変わらない、食えない微笑と皮肉な言葉。菜央が思わずしかめ面をすると、ますます愉快そうに彼は言った。

「俺のやったコートも台無しだ」

「ケチくせぇこと、言ってんじゃねぇよ」

「そうか…そうだな。悪かった」

「え……」

嘘のようだが、確かに室生は謝ったようだ。おまけに、彼はこの上なく優しい目で、愛《いと》しい者に向ける眼差しを真っ直ぐ菜央へ注いでいる。

「室生さん……」

自分が目にしている光景が、まだ現実とは思えない。ポカンとする菜央に苦笑を浮かべ、室生がひょいと屈んで目線を合わせてきた。長い指がそっと伸ばされ、頬の傷に張りついた髪を丁寧に整えていく。慈しむようなその仕種に、菜央の顔がみるみる歪んだ。

「せっかく…買って…もらったのに…」

「菜央…」

「俺、凄く嬉しかったんだ…それなのに…汚しちゃって…俺…」

「泣くな。コートなんか、またいくらでも買ってやる」

「そういう…問題じゃ…」

緊張が解けた途端、涙がポロポロ零れてくる。止めようと思っても容易に止まらず、まるで子どもに帰ったかのように菜央はしばらく泣き続けた。こんなに涙を流したのは、覚えている限り初めてだ。室生が来て、助けてくれた。それだけで、また泣けてきた。

「よく頑張ったな」

何度か頭を撫でた後、室生がギュッと抱きしめてくる。二度と離すまいとでもいうような、それは真摯《しんし》で力強い腕だった。そうすることでようやく安堵できたのか、やがて深いため息がそっと彼の唇から漏れてくる。初めは戸惑っていた菜央もその音色に勇気を得て、おずおずと背中に両手を回してみた。

「彗くん、神崎、無事かっ！」

「橘さん…」

「うおっ」

遅れて部屋に飛び込んできた橘が、抱き合う二人を見て一瞬足を止める。だが、すぐに彗の姿を見つけ出すと、痛みに呻く男を無視して彼の元まで駆けつけた。

「彗くん、怪我は？　どこも痛くないか？」

「はい、大丈夫です。菜央が、僕を庇って戦ってくれて…」

「そうか…よかった…」

ホッと肩から力を抜き、橘が嬉しそうに微笑を浮かべる。その笑顔を見て幸せになった彗も、同じように明るく笑ってみせた。二人はしばし視線を絡め、無言のまま互いの顔をニコニコと見つめ合う。やがて、立ち上がろうとした彗に橘は手を差し伸べかけたが、何を思ったのか急に引っ込めてしまった。

「橘…さん？」

「こっちの方が早い」

「わわっ」

強引に抱き上げられ、彗は顔を真っ赤にする。

「あの、あの、僕は自分で歩けますから…っ」

「言いたくないが、撃たれて呻いているのはこの男だけじゃないんだ。部屋を出たら、あと五人はこんな調子でゴロゴロしてる。彗くんに、そういう奴らを見せたくない」

「五人？　二人じゃなくて？」

「万一に備えて、応援を呼んでいたらしいな。どっちにしろ、そこでラブシーンやってる物騒な男にはまったく関係なかったようだが。…ったく、殺さずに突破しろと説得するのに、無駄な時間を食っちまった。いいか、部屋を出たら俺にしがみついて目を閉じてるんだぞ」

「…はい」

素直に頷く彗の声に、菜央はやっと落ち着きを取り戻す。室生だけならまだしも、彗や橘にまで泣き顔を見られるのは嫌だった。急いで残った涙を拭おうとしたが、その手を室生に止められる。なんだろう、と思った直後、温かな舌がゆっくりと目許を舐めていった。

「わ…っ…」

「乱暴に扱うな。傷口に障るぞ」

囁くように叱られて、抵抗すらできなくなる。彗と橘が啞然《あぜん》として見守る中、当の室生だけが澄ました様子で、いつまでも菜央を甘やかしていた。

年明け早々の新聞を賑わせたのは、一ノ瀬組の若頭・阿久津洋治《ようじ》逮捕のニュースだった。以前から世間の関心を集めていた跡目争いの影響もあって、その動向はかなり注目されていたのだが、どうやら内部からの告発があったらしい。そうでなければ、警察に目をつけられていながら一度も尻尾《しっぽ》を摑ませなかった阿久津に、易々《やすやす》と逮捕状は下りないだろう。現在、彼が弱みを握ったり賄賂《わいろ》を渡して目こぼしを頼んでいた警察上層部、取引のあった瀬川組の方にまで、捜査の手は伸びているという話だ。

「まいったな…」

駅前の喫茶店『コットン』の片隅では、連日紙面を独占している阿久津の犯罪オンパレードを複雑な思いで読んでいる男がいた。

『言っておくが、これは好意だ。有難く受け取っておくんだな』

年明けまで、あと三時間と迫った頃。

優しげな男前だが怪しい外科医の元へ彗と菜央を送り届け、橘と室生は別室で治療が終わるのを待っていた。その時、彼がふと思い出したように例の茶封筒を出してきたのだ。

『どうするかは、あんたの自由だ。俺は一切関係ない』

『室生……』

『あんた、苦しい嘘で午後の仕事をサボったんだろう？　少しは上の人間に取り入っておかないと、また左遷させられるぞ。そうなったら、彗とは遠距離かもな』

意地の悪い口をきき、橘がムッとする様子を面白そうに観察している。そんな彼を見ていると、この男は単に悪趣味なだけじゃなく、根っから変な奴なんだと思った。

（でも…まぁ、話せない男じゃない…か）

悔しいが、それくらいは認めてやってもいいだろう。彗たちを助けに行く前、室生から取引を持ちかけられた橘はきっぱりそれを断った。何があろうと見なかったことに、なんて刑事の自分が承知できるわけがない。断るだけでは済まず、「もし一人でも撃ち殺したら、その場でおまえを逮捕する」とまで宣言した。

室生は初め呆れていたが、あんまりしつこくくり返されたのでとうとう観念したようだ。

ただし、「拉致した連中もヤクザなのだから、彗と菜央を守るためには無抵抗というわけにはいかない」と改めて真面目な顔で言ってきた。彗たちに何かあっては大変なので、さすがの橘も考えを緩め、ある程度の暴力行為は正当防衛として黙認する、と譲歩する。それを聞くなり、何がおかしいのか室生はしばらく無言で笑っていた。

(まぁ…正当防衛っていうのは、少し苦しかったな)

なにしろ、相手がこちらに気づくか気づかないうちに彼は問答無用で撃っていくのだ。橘は一人と素手で格闘し、かなり手こずった末に気絶させたが、その間に四人もの男が室生の手で半死半生の目にあわされていた。お陰であっさり二人を救出できたが、現場の悲惨な状況はとても彗と菜央には見せられないものだった。

『俺を見逃したのは刑事のあんたじゃない、単なる救出劇の協力者だ。そして俺は、ここにMOを落としていっただけ。それでいいだろう？　そっちが言っていた、肩書きなしの関係ってヤツだ』

あの男…と、橘はいつの間にか笑っている自分に気づく。

友情なんて欠片も育てられそうにはないが、菜央を任せるにはいい相手かもしれない。

「ごめん、橘さん。出てくるのに響がうるさくて…何、笑ってるの？」

「いや、なんでもない。あけましておめでとう、彗くん。今年からよろしく」

「こちらこそ、よろしくお願いします」

橘の挨拶を受け、彗がかしこまって深々とお辞儀する。
三回目にして、ようやく待ち合わせに成功した大事な大事な相手だ。
幸せな気分に浸りながら、橘は胡散臭いヤクザのことはひとまず忘れることにした。

7

「あの、それって…どういう意味…」

痛々しく右頬に大きなガーゼを当てた菜央が、わけのわからない顔をする。つい先刻まで、明日は四日だからヤクザも通常営業だ、なんて室生とリビングで軽口を叩いていたのだ。それなのに、急転直下の展開には頭がまるでついていかなかった。

「言った通りだ。引っ越しの資金は用意してやったから、明日この街からよそへ引っ越せ」

「で…でも、約束だと来月までは…」

「事情が変わったんだ。それに、一ヵ月ほど時期が早まっただけだろう。彗の話し相手も、バイトという意味でならもう行かなくていい。菜央が来てから、あいつはだいぶ明るくなった。それは、あのブラコンの響でさえ認めている。金には換算できないが、謝礼として初めの契約通り優哉の治療費はチャラにしてやる」

そう言って室生が出してきたのは、金の入った分厚い封筒と同居一日目に菜央が書いた借用書だ。室生の下の名前が知りたくて、聞き出す口実として作ったヤツだった。

(なんで…こんな突然……)

呆然とするばかりで、上手く次の言葉が出てこない。彗と一緒に拉致された時、助けに来てくれた室生はどこへ消えてしまったのだろう。具体的なセリフなど何もなかったし、あれから今日までキス一つしてもらったわけでもない。それでも、自分たちの間には確かな絆《きずな》が生まれていると菜央は思っていた。恋と名づけるには早計かもしれないが、成り行きで拾ったジゴロから少しは特別な存在に変わったんじゃないかと自惚《うぬぼ》れていたのだ。

（それ、全部…俺の勝手な思い込み…だったんだ）

表情の読めない室生は、傷ついた菜央を置いて飲み物を取りにキッチンへ向かう。昨日の夜、『お年賀』だと言いながら大量のビール持参で優哉が遊びに来たのだ。なんでも、菜央と彗を救出に行く際、響を足止めするために一服盛ったことを根に持たれて、彼が毎晩のようにやってきては暴れていくのだという。避難させてくれ、と笑う優哉に「暴れるって、具体的に響が何をするんだよ」と訊いてみたが、それには答えてくれなかった。

「菜央、おまえも欲しいか。優哉が、俺一人で飲むなと煩かったからな」

冷蔵庫の前から、室生が事もなげに声をかける。まだ昼間だよ、といつもの調子で答えれば、重苦しい空気は変えられるかもしれない。けれど、どんなに空気を変えたところで、明日出ていかねばならない事実は変わらなかった。

（こんな気持ちになるんだったら、やっぱり優先生のところへ行けばよかった…）

今更な呟きを漏らし、菜央はソファに力なく沈み込む。大晦日の夜、優哉に怪我の手当てをしてもらった菜央はそのまま残って手伝いをするつもりでいたのだが、せっかくだから室生と年越ししなよ、と帰されてしまったのだ。さすがに身体もしんどかったので素直に従ったが、どうやら手伝いの件は室生がいつの間にか断っていたらしい。

結局、正月の三が日は休養して、ほとんど室生と過ごしていた。宮下をはじめ来客も多かったので二人きりというわけにはいかなかったが、それでも同居してからこんな穏やかな日々を送ったのは初めてのことだった。

「返事くらいしろ、…ほら」

戻ってきた室生が、菜央の分の缶ビールを無造作に目の前へ置く。ハッとして顔を上げると、こちらを見下ろす彼と思わず目が合った。

「一ヵ月半で、傷跡が二つか。さんざんだったな」

「うん…そうだね」

我ながら頼りない声を出し、無理をして菜央は笑う。

「右頬の傷…あまり目立たないけど、やっぱり残るって優先生が言ってたもんな」

「………」

「たった一つの取り柄だったのに、それもダメになっちゃったよ。明日から、どうしようかな。顔に傷があっても、気に入ってくれる人がいればいいけど」

「まだ、ジゴロを続けるのか？」

壊れ物でも扱うように、そっと室生が指先を伸ばす。頬のガーゼに触れる寸前で止め、何度もためらってから彼はもう一度口を開いた。

「ただでさえ三流なのに、傷物とあっちゃろくなカモが見つからないぞ」

「ひってぇなぁ」

薄く微笑《わら》って、菜央は自ら顔を傾ける。

室生の指先が頬に触れた瞬間、泣きたいくらい優しい気持ちになった。

「大丈夫。今度は、ちゃんと恋人を見つけるよ。俺、ジゴロの才能ないってやっとわかったから。だって、ちょっと怪我してる時に介抱されただけで、相手を好きになるようなお手軽な奴なんだぜ？　少しばかりキスが上手かったからって、ボーッとなる素人以下のジゴロなんて、三流どころかお話になんないよ」

「菜央……」

「好きだよ、室生さん」

左手で室生の指を包み込み、ごく自然に唇を動かす。告白するのは二度目だが、不思議と心の海が凪《な》いでいた。勢いで口にしたあの時とは違って、今は気持ちの行方がはっきりしている。だから、余計な不安など少しも抱かないでいられた。

「俺がここを出ていったら、室生さんはもう会わないつもりなんだろ？」

「…そうだな」

「自惚れてるって思うかもしれないけど…俺、もしかしたらって思ってたんだ…」

ギュッと左手に力を入れ、菜央は静かに先を続ける。

「もしかしたら、自然と室生さんに…近づけるんじゃないかって」

「………」

「もちろん、俺がヤクザになるとか、そういう意味じゃないよ。ただ、俺たちは全然違う世界で生きていても、基本的なところで接点が持てそうな気がしていたんだ。少なくとも、俺はもっと室生さんを知りたいと思った。だけど、この間みたいなことがあると、どうしたって俺は足手まといになっちゃうもんな」

だから、出ていけと言われても仕方がないよ。

そう言おうとしたけれど、これ以上は声が震えそうでダメだった。

「おまえは、立派に戦っていたさ」

「え…？」

「彗を傷つけないように、身体を張って守ってたそうだな。ただ勝ち気なだけじゃない。俺は、そういうおまえを尊敬するよ。菜央、おまえは足手まといなんかじゃない」

「で…でも……」

「俺が嫌なんだ。おまえを、危険な目にあわせたくない。俺は誰より菜央を優先してはやれないし、おまえのために生きることも死ぬこともできない。俺が選んだのはそういう道だし、それを後悔したりはしないだろう。だが、その分おまえはきつい思いをする」

「室生さん……」

ようやく室生の口から本音を聞くことができ、菜央の胸は喜びと切なさで満たされる。ずっと軽んじられていると思い込み、それがとても悲しかった。けれど、その相手にたった今「尊敬する」と言われたのだ。室生と出会っていろいろなことが変わり、自分でも戸惑った時には不安を覚えたりもしたが、どんな感情も間違ってはいなかったんだと心の底から嬉しく思った。

「俺、一つだけ室生さんにお願いがある」

想いを込めて、室生を見つめる。

別れの苦さを目に浮かべ、彼はいつになく素直に頷いた。

「なんだ、言ってみろ」

「俺のこと、ちゃんと最後まで抱いてほしい」

「………」

「覚えておきたいんだ、室生さんのこと」

迷いのない瞳で訴えると、さすがの室生も息を飲む。

しばしの沈黙が、二人の間に訪れた。

ベッドに優しく押し倒され、室生の身体を全身で受け止める。

愛しい重みにゆっくりと吐息を漏らすと、菜央はそっと背中へ両手を回してみた。

「好きだよ…室生さん…」

だから、俺のことを覚えていて。

重ねられた唇に、続けたかった言葉を閉じ込める。けれど、室生はわかっているだろう。これまでも、まるで心を読んだかのように何もかも見透かされてきたのだ。答えないということは、約束できないからだろうと菜央は淋しく思った。

「ぅ…ん…んん…っ」

絡みつく舌の動きに惑わされ、零れる声が震え出す。口づけに翻弄《ほんろう》されている間に、着ていたシャツの裾《すそ》から室生のひんやりした指が侵入してきた。

「…あ…っ…」

肌に触れられた瞬間、一度だけ味わった愛撫が鮮やかに身内に蘇る。脇腹《わきばら》の辺りを撫でられると、それだけで湿った声が溢れてきた。甘くねだるようなその声音は、とても自分のものとは思えない。恥ずかしさのあまり逃げる身体を、室生が余裕で引き戻した。

羞恥に彩られた反応は、室生の好みに適《かな》っていたようだ。愛撫がいっきに大胆さを増し、尖り始めていた胸の先端を指の腹で軽く摘《つま》まれた。

「や…っ…」

小さな衝撃に思わずのけぞると、その隙を突いてシャツを胸までたくしあげられる。室生は露《あらわ》になった肌へ唇を寄せ、残った乳首へちろちろと舌を這《は》わせ出した。両方を指と舌で弄ばれ、菜央は幾度も身体をひくつかせる。与えられた刺激に蕩かされ、身悶《みもだ》える様を見られていると思うと、いっそもっと乱れさせてくれと言いたくなった。

「室生さん…室生さん…」

感じるたびに名前を呼び、切なくて胸が壊れそうになる。室生は一度身体を離すと、自分の着ていたものを手早く脱ぎ捨てた。そうして改めて菜央を見下ろし、その目許に口づけを埋める。そうされて初めて、菜央は自分が涙を浮かべていたことに気づいた。

室生の手で服を剝ぎ取られ、初めて彼と素肌を重ね合う。鼓動の響きに安堵を覚え、貪るような口づけを悦びと共に受け入れた。すでに潤った菜央自身が、室生の手の中で少しずつ温度を上げていく。淫らな動きに張り詰めたその場所は、健気《けなげ》なまでに快楽に従順だった。

「あっ…んん…あ…」

室生の囁きが聞きたいと、おぼろげな意識の下でちらりと思う。けれど、思い出になるのを怖れるように、室生は頑なに言葉を封印していた。

「室生さん…だめ…そんなに…ぁ…」

勃《た》ち上がったそれに指が絡みつき、零れた蜜《みつ》で輪郭をなぞられる。そんな繊細な愛撫をされたら、この前のようにすぐに達してしまいそうだった。菜央は懸命に嫌だと訴え、言葉にならない分を首を振って伝えようとする。それを見た室生がふと右手の動きを止め、低く抑えた声で尋ねてきた。

「そんな顔したら、本当に抱くぞ」

「そ…うしてって…言ってる…」

「辛いぞ。いいのか？」

何を今更、と菜央は思う。一体、自分が何人の男と寝てきたか室生は知っているのだろうか。強がってそう言い返そうとして、「辛い」の意味が肉体的なことではないと気がついた。

「…いい。して」

逞《たくま》しい肩に額を寄せ、想いを込めてそう答える。

室生は無言で抱きしめ返すと、そのまま菜央の身体を深々と貫いた。

「あ…っ…あ、あああっ」

奥までいっきに突かれて、大きく背中が弓なりになる。それを片手で支えながら、室生がゆっくりと律動を始めた。揺れるたびに快感が走り、菜央は堪えきれずに背中へしがみつく。肌が擦《こす》れて体温が上がり、そのまますぐに何も考えられなくなった。感覚に刻まれた室生の熱を、ただ必死で追いかける。菜央の全てが室生のもので、室生の全ては菜央のものだった。愛しい瞬間を積み重ね、やがて菜央は絶頂に近づいていく。もっと、と声が嗄《か》れるまで叫んでいることも、まったく意識していなかった。

「室生…さん…あ、も…ぉ…っ…ああ…っ」

「菜央……」

高みに駆け上った刹那、一言だけ室生がそう囁く。

慈しむようなその音色は、彼が自分に禁じていたであろう極上の甘さを帯びていた。


「なんか、長い夢でも見ていた気分だな…」

早朝の薄暗い道を、スポーツバッグ一つで菜央は歩いている。時間をかけ、身体の隅々まで愛された余韻はまだ肌を火照《ほて》らせていたが、それも朝露がじきに消してしまうだろう。

室生は、まだ寝ているだろうか。

ふと、菜央は去り際に見つめた寝顔を思い出す。一分の隙もなく磨かれた外見の、思わぬ綻《ほころ》びを発見した気分だった。無防備に乱れた前髪や、意外にあどけない寝息の音。それらはこれからも度々思い出の中で蘇って、自分を幸せにしてくれるだろう。

「金は置いてきちゃったけど、まぁいっか。今までも、なんとかなったし」

別に、皆とも今生《こんじょう》の別れをするわけじゃない。

室生と別れても彗のところへは遊びに行くつもりだったし、優哉からもたまには手伝ってくれ、と頼まれている。今更医学の勉強というのもかったるかったが、優哉は「菜央ちゃんさえその気なら、いつでも出世払いで援助するよ」と言ってくれた。

だから、悲しんだり淋しがったりする必要なんかない。菜央はそう自分へ言い聞かせ、これは振り出しなんかじゃないんだ、と心の中で呟いた。

「とりあえず、どっかで朝メシ食って…と。あと、仕事も探さないとダメか」

それでも、先のことを考えるとどんより暗くなってくる。期間は本当に短かったが、安心して帰れる家と信頼できる友人、そして心から好きな人がいる生活は天国だった。あの心地好さを知ってしまうと、なかなか一人に戻るのは難しい。

「そんなこと、言ってられないけどな」

から元気を出し、ともかく駅まで歩こうと菜央が気を取り直した時だった。

「…菜央」

不意に、後ろから誰かに呼び止められる。少し脅えた感じの、不安げな声だ。

「菜央、おまえ…やっぱり菜央なんだな？　生きてたんだな？」

「大垣さん……」

恐る恐る振り向いた先に、最後のカモだった大垣が立っていた。自分を刺した直後に逃げ出し、あれからどうしているだろうと思ったが、街を出るギリギリになって見つかるなんて運がないとしか言い様がない。おまけに早朝で周囲に人影はないし、隠れられるような場所もどこにもなかった。

「生きてたのか…菜央…」

ヨロヨロと頼りない足取りで、大垣は一歩ずつ近づいてくる。一体、何度死にかけたらまともな人生が送れるんだ、と菜央は自分の運命を恨めしく思った。せっかく新しい気分で再出発を誓ったのに、早速これでは先が思いやられる。

「菜央…菜央、俺は…」

「大垣さん……」

「すまなかった。ずっと後悔していたんだ」

「え…？」

予想に反した言葉を聞いて、菜央は激しく面食らった。てっきり、また例の調子で「殺してやる」とか「俺のものだ」とか騒ぎ出すと思ったのに、大垣はすっかり意気消沈した様子で哀れっぽく許しを乞《こ》うている。憔悴《しょうすい》してはいるが、憑《つ》き物が落ちたような目の色は出会った頃のおとなしく人の好い彼のものだった。

「イブの日、商店街で走っている菜央を見かけたんだ。目の錯覚かと驚いている間に、おまえはあっという間に視界から消えてしまった。でも、生きているとわかっただけで心の底から嬉しかったよ。俺は…おまえを殺してしまったと…思っていたから」

「偶然、通りすがりの人に助けられたんだ。大丈夫、ピンピンしてるだろ」

「よかった……」

菜央が笑ってみせた途端、大垣はボロボロと涙を零す。もともと気が小さい彼は、人殺しをしてしまったと毎日を脅えて過ごしていたに違いない。

「おまえを捜している最中、おかしな男に声をかけられたよ。今後一切、菜央に近づくなって恐ろしい目で睨まれた。だけど、あれで目が覚めたんだ」

「え？」

「おまえは、もともと俺の手には余る子だったんだな。あんな現実離れした男が、菜央のために動いている。おまえがそうさせているんだと思ったら、とても俺にはついていけない世界だと思った。俺は、平凡でも優しくて穏やかな生活がしたい。ようやく、そのことに気づいたよ。あの時の俺は狂ってたんだ。悪かったよ。許してくれ」

涙を拭《ふ》きながら大垣は話し、深々と頭を下げて去っていく。やっと悪い夢から抜け出せたのが、その背中から感じ取れた。男の子と恋愛するなんて考えたこともなかったと、よく菜央の前で話していた男だ。ひょんなことで大きく軌道を外したが、ようやく修正できて本人もひと安心というところだろう。

「あの変態、いつの間にマンションまで突き止めていたんだ」

ホッと息をついた直後、無愛想な声が背中から聞こえてくる。

まさかまさか…と逸る鼓動を抑えながら、菜央は振り向かずに口を開いた。

「室生…さん？　なんで…」

「おまえとの約束で、まだ果たしていないことが一つある。それを思い出したんだ」

「や、約束？　だけど、借用書は破ったし他には何も…」

軽やかな靴音が、すぐ後ろで静かに止まった。

菜央は、まだ振り返れない。

もし振り返って夢が覚めてしまったら、きっと今度こそ立ち直れない。

「いくらでも買ってやると、そう言ってしまったからな」

「え……」

「俺はひとでなしのヤクザだが、口にした約束は絶対に守る」

ふわりと両腕が伸ばされ、胸の前で交差した。耳元に室生が唇を近づけ、甘い吐息で肌を湿らせる。どんな奇跡が自分に起きたのか、菜央には確かめる余裕すらなかった。

「あの…あの、室生さん。なんで…だって…」

「黙って出ていこうなんて、あざとい真似しやがって」

「………」

「おまえ、本当は凄腕《すごうで》なんだろう。最後の最後に、俺の気持ちを引っ繰り返しやがった」

この上なく幸福そうな声で、室生は悪態をついている。迎えに来た事実を、どうしても菜央の策略ということにしたいらしい。急いで出てきた証拠に、コートの袖から見えたのは、昨夜脱ぎ捨てたまま放置しておいたシャツだった。日頃あれだけ着る物に気を遣う彼が、手近で摑んだ服を確かめもせずに羽織ってきたのだろう。

「俺…帰っても…いいの…」

死ぬほどの勇気を出して、菜央は尋ねた。

ダメだと言われても、絶対に納得しないと心の中で続けた。

「室生さん、俺…」

「目が覚めておまえがいないと知った時、心の底から思い知ったよ」

「な、何を？」

「惚れた相手を手放すのが、どんなにバカげた行為だったかってな」

ギュッと腕の力を強め、室生はため息混じりに告白する。

「今更だと、おまえは言うかもしれない。でも、俺にはわからなかった。一ノ瀬の家へ引き取られて、他人のために死ぬことだけを叩き込まれて生きてきたんだ。自分の命であって、自分のものじゃない。俺には、自分の人生を生きている実感がまるでなかった」

「そんな…響も彗もそんなこと望んでなんかいないよ」

「あいつらがどうこうじゃない。それは、単なる俺の星回りだ。ただ、俺は菜央を知った。おまえという人間が、俺の人生に踏み込んできた。初めは面白い奴だと思い、ほんの気まぐれに構ってみただけなのに…おまえときたら、何度も殺されかけやがって」

「…ごめん」

確かに、その点は否定できなかった。大垣に首を絞められそうになったのが初対面で、再会した時にはとうとう腹を刺されてしまい、挙げ句に彗と共に拉致されたのだ。おまけに先ほど大垣に呼び止められた時は、ついに悪運も尽きたかと一瞬覚悟を決めかけた。

「ただでさえ、こんな調子なんだ。俺の傍にいたら、いつか本当に死ぬような羽目に陥るかもしれない。廃工場で血だらけになった菜央を見た時、俺はそれが何より怖くなった」

「室生さん…」

そっと肩越しに振り返り、自分を見つめる瞳と視線を合わせる。

「俺もね、凄く怖かったんだ」

「え？」

「これから、一人で生きていくのが」

室生の手に自分の手を重ね合わせ、想いの全てを込めて菜央は言った。

「だから、思ったんだよ。室生さんと出会う前の俺は、もういないんだなって。一人で生きて、束の間の恋人を演じて金を稼いでた、あの頃の俺はとっくに死んでたんだよ」

「菜央……」

「あんたが殺したんだよ、室生さん。だから、危険な目にあわせたくない、なんてもう遅いよ。ちゃんと、責任は取ってもらわなきゃ。そうだろ？」

勝ち気な視線を向けられて、ほんの一瞬だけ室生は黙る。

だが、すぐに唇の両端を上げ、いつものふてぶてしい口調で答えた。

「一度死んだとは、呆れた言い草だな。つくづく悪運の強い奴だ」

「だから、手放さない方が得だと思うよ。俺くらい悪運強くないと、室生さんの恋人なんかやってられないよ。あんただって、それがわかったから迎えに来てくれたんだろう？」

「…ああ」

そう言って軽く唇を合わせ、室生はもう一度強く抱きしめてくる。

「ああ、そうだな」

「じゃあ、商談成立だ」

菜央が明るく笑いかけると、初めて室生が微笑を返してきた。しらじらと明け始めた空の下で、二人はしばらく無言で抱き合う。話したいことも聞きたいこともたくさんあったが、菜央がそれらを切り出すより先に室生がポツリと呟いた。

「とりあえず、話の続きはベッドに持ち越すか」

「これから？」

「おまえのせいで寝不足なんだ。そっちこそ、責任取れ」

「責任って…」

思わせぶりな一言に、菜央の全身がたちまち熱くなる。

「しっかり目が覚めるまで、徹底的に付き合えよ？」

その代わり、今度はやさしく殺してやる。
首筋に噛みつくようなキスをして、室生が甘く囁いた。

あとがき

ルチル文庫愛読者の皆様、こんにちは。あるいは、はじめまして。神奈木智です。このたびは『やさしく殺して、僕の心を。』（それにしても、人前では音読しづらいタイトルですよね。甘いんだか物騒なんだかエッチな意味なんだか思わせぶりなだけなんだか、とにかく考えた私自身が「…………」と躊躇してしまう恥ずかしさ。金さんのステキな表紙がつかなかったら、店頭で見た時に「うお〜っ」と叫んでゴロゴロ転がりたくなったかもしれません）を読んでくださって、どうもありがとうございました。早いもので、ルチルさんでは『彼のあまい水』に続いて二冊目の文庫となります。高校生が主役だった前作とはガラリと変わって、今回は胡散臭いキャラ総動員でお届けした本作ですが気に入っていただけたでしょうか。プロットの段階からウキウキしていた私はもちろん最後まで楽しく書けましたが、この気持ちが少しでも読者さまにも伝わるといいな〜と願っております。

さてさて。本作は、何を隠そうシリーズの一作目となります。菜央と室生のラブラブ生活も始まったばかりですので、引き続き彼らの今後を見守ってくださると嬉しいです。そんなことを言いながら、次作の主役は響と優哉なんですが。今回、イラストでは登場しなかった優先生ですが、金さんのキャラフがもう！　えらいこと美形なうえ油断できない感じもあって、今すぐお見せできないのが残念なくらいです。そして、以前に別シリーズでキャラの攻め受けを事前にはっきりさせず物議を醸してしまった（ちょっと大げさ）ことがあったので予告しておきますが、響が攻めで優先生が受けです。あ…別に意外でもなんでもなかったですね。すみません。まぁ、とにかくこの二人の殺伐とした恋愛をお届けする予定です。同時進行で、橘さんと彗の恋愛未満な関係もゆっくりゆっくりと。菜央は毎回誰かに殺されかけては、室生をヒヤヒヤさせていくことでしょう。

最初にタイトルについて触れましたが、そんなわけで主人公がここまで何度も危険に晒され、あまつさえ傷だらけになる話はさすがに初めて書きました。でも、別にタイトルを意識していたわけではなくて、書いているうちに気がつけばこんなことに…。後で数えてみたら四回も殺されそうになってるし、唯一の取り柄は台無しになるし、ちょっと可哀相なことをしてしまいました。でも、平和で呑気にしていたら多分室生は堕ちなかったと思うので、これこそ「怪我の巧妙」ってヤツかもしれません。おまけに、話全体のトーンが軽めなのであまり「危機一髪！」って感じがしなかった…。いや、文庫一冊に四回も危機一髪があったらさすがに疲れるかも、だけど。顔は綺麗なのに性格はガサツ、菜央の逞しさは書いていても心地好かったです。反面、室生はキャラ的に大きく動かせなかったのが残念。ようやく本気の恋にも目覚めたことだし、この先はもう少し喜怒哀楽が出てくれるはずですので、この二人は両想いになってからの方が面白いカップルだと思います。

執筆中の裏話として、今回一番大きな出来事はプリンターの故障でした。私はプリントアウトした原稿を見ないと推敲ができない人間で、展開に行き詰まった時もそこまでの原稿をプリントアウトして客観的に考える…という作業を完成まで何十回とくり返します。それなのに、よりにもよって半泣きで焦りまくっている時に！　唐突に「ガコガコッ」と奇妙な音をたてた直後、ヤツは動かなくなりました…。買いに行く時間はないし、ネットでも最短で二日はかかると言われるし、途方に暮れた私はついに会社帰りの妹に泣きつきました。「なんでもいいから、プリンター一丁！」と。そうして、代金を立て替えさせ、彼女の家からは少し離れたマンションまで持ち帰ってきてもらい、なんとか事無きを得たという次第です。あとがきでお礼するよ、とその際に口走ってしまったので、思い切り私信ですが、妹よ、ありがとう！　私が激しく嫌がるので拙作を一冊も読んだことがない（だから、本当のところこのあとがきを見るわけがない）姉思いな君に乾杯だ。そして、今時のプリンターがこんなに印刷が早いとは。プリントアウトのたびに、感動している今日この頃です。

裏話その二。前作のあとがきでも書いた凶悪なウチの猫ですが、ますます乱暴者に成長しております。傍若無人に家中を徘徊し、ちょいと気が向けば飛びかかって噛みつくという暴れぶり。お陰で、大変スリリングな日々を過ごしております。執筆中も（なんか腕が痛いな～）と不思議に思っていたら、噛まれた二の腕に青痣が…。しかし、今回のシュラ場で一番腹が立ったのは彼の暴力ではありません。少し目を離した隙にキーボードの上に乗っていて、慌てて追い払った後の画面を見ると――菜央が「好きだよ…室生さん…」てなことを言っている場面の次に、「おいおい～おいおいおい」と書いた覚えのないツッコミのセリフが！しかも、なんだかマヌケな感じ！　どうやらウチの猫が踏んだ跡だったようですが、一瞬寝不足の頭で何を書いてるんだ、と自分に絶望しかけました。そんなわけで仕事部屋は猫禁止なのですが、つい辛くなると温もりを求めてしまい日夜ガブガブ噛まれています。

最後になりましたが、イラストの金ひかる様。今までも何度かお世話になっていますが、また別シリーズでご一緒することができて大変嬉しく思います。相変わらずマイツボ直撃なイラストの数々に、今後の彼らを動かすのが一層楽しみになりました。少しでも精進して、なるべくご迷惑をおかけしないように頑張りますので、これからもどうぞよろしくお願い致します。ちなみに、室生があまりにカッコいいので、思わず表紙のラフを机の前に張りつつゲラをやってしまった私。金さんの描かれる彼が見られるだけでも、シリーズにしてもらえて良かったとしみじみ思う冬の夕暮れでした。

そして、担当の岡本さま。根気よく原稿の上がりを待ってくださって、本当にありがとうございました。へなちょこな気分の時も、頼もしい励ましの一言にいつも救われております。毎回お世話かけますが、頑張りますので今後ともよろしくお願い致します。

ここまで読んでくださった読者さま。私の煩悩あふるる物語にお付き合いくださり、本当にどうもありがとうございました。先ほどもお知らせしたように、次回は響と優哉でお送りする本シリーズ、何かご意見やリクエストなどありましたら、どうぞ遠慮なくお聞かせくださいませ。編集部気付けでお手紙もお待ちしてますし、私のＨＰへもぜひ遊びにきてくださいね。くせ者キャラばかりで今後どんな展開になっていくのか、気長にお付き合いくださると嬉しいです。次のお目見えは再来月ですので、どうかチェックの方をお忘れなく！

冬は大好きな季節ですが、ほんの少し淋しい気分にもなったりします。そんな時、少しでもこの作品があったかくなるお役に立てますように。

それでは、またの機会にお会いいたしましょう——。

神奈木　智拝

(HP//www.s-kannagi.net/)

✦初出　やさしく殺して、僕の心を。………書き下ろし

神奈木智先生、金ひかる先生へのお便り、本作品に関するご意見、ご感想などは
〒151-0051 東京都渋谷区千駄ヶ谷 4-9-7
幻冬舎コミックス　ルチル文庫「やさしく殺して、僕の心を。」係
メールでお寄せいただく場合は、comics@gentosha.co.jp まで。

幻冬舎ルチル文庫

やさしく殺して、僕の心を。

2006年1月20日　第1刷発行
2006年6月10日　第2刷発行

✦著者　神奈木 智　かんなぎ さとる

✦発行人　伊藤嘉彦

✦発行元　株式会社 幻冬舎コミックス
〒151-0051 東京都渋谷区千駄ヶ谷 4-9-7
電話 03(5411)6431[編集]

✦発売元　株式会社 幻冬舎
〒151-0051 東京都渋谷区千駄ヶ谷 4-9-7
電話 03(5411)6222[営業]
振替 00120-8-767643

✦印刷・製本所　中央精版印刷株式会社

✦検印廃止

ISBN4-344-80667-0　C0193　Printed in Japan

「幻冬舎ルチル文庫」
大好評発売中
高3の百合沢史希は浮かれていた。久住迅人という7歳年上の恋人ができたからだ。パティシエである久住の店でラブラブな時間を過ごす二人。そんなある日、史希は久住を押し倒したが、問題発覚。史希も久住も「攻め」だったのだ！ 結局うまくいかなかった二人のもとに、それぞれの元カレが現われ、事態はさらに悪化。史希と久住の恋はどうなる!?
「彼のあまい水」
神奈木 智
イラスト
奥田七緒
540円（本体価格514円）
発行●幻冬舎コミックス　発売●幻冬舎

「幻冬舎ルチル文庫」

大好評発売中

「不機嫌なエゴイスト」

高岡ミズミ　イラスト▼蓮川 愛

友成洸は19歳。小学生の頃からカフェ「エスターテ」の常連で芦屋三兄弟とも仲がよい。特にサーフィンを教えてくれた次男の芦屋冬海に懐いていた。しかし8年前、冬海の親友だった洸の兄・輝が海で事故死したことから、冬海はサーフィンをやめてしまい、兄の死を悔いているからか、洸とも目を合わせてくれない。そんな冬海に想いを寄せる洸だったが……。

◎560円（本体価格533円）

「マイ・ガーディアン」

李丘那岐　イラスト▼やしきゆかり

高槻春也は、養護施設で高校まで育ち、夢だった小学校教諭として働いていた。ある日、かつていた施設の嫌な噂を聞いた春也は、証拠をつかむため施設に戻ることに。しかし施設で一緒に育った幼馴染みで弁護士の在田功誠に反対される。手助けして欲しいと頼む春也に、その条件として功誠は「抱かせろ」と……。子どもの頃から功誠のことが好きだった春也は功誠に抱かれるが——!?

◎580円（本体価格552円）

発行●幻冬舎コミックス　発売●幻冬舎

「幻冬舎ルチル文庫」

大好評発売中

［ルーズな身体とオトナの事情］

坂井朱生　イラスト▼富士山ひょうた

旧家の次男、奥澤悠加は大学生。念願の一人暮らしを始めるはずだったのだが、十歳年上のお目付役山科崇之と暮らすことに。何かと厳しい崇之に、コンパは邪魔され家の中のことはしごかれる始末。ある日、無断外泊を叱られキレた悠加だったが、逆に崇之が身体に触れたりセクハラなことを。その状況に慣れつつ戸惑う悠加は、やがて崇之への気持ちに気づき……!?

◎560円（本体価格533円）

［野蛮なロマンチシスト］

高岡ミズミ　イラスト▼蓮川　愛

ミニコミ誌の記者・倉橋多聞がカフェ「エスターテ」を取材中、現れた感じの悪い男はオーナー冬海の兄・芦屋愁時。しかも愁時は、多聞が憧れているルポライターだった。再びエスターテを訪れた多聞は、愁時にからかわれるが、どうやら気に入られたらしい。以来、芦屋家に通い始めた多聞は、次第に愁時とも打ち解けてきたが、やがてふたりはお互いを意識し始め……!?

◎560円（本体価格533円）

発行●幻冬舎コミックス　発売●幻冬舎

「幻冬舎ルチル文庫」

大好評発売中

「あなたと恋におちたい」

高岡ミズミ

イラスト▼山田ユギ

外村慎司は恋をしている。相手はMR（製薬会社の営業）である外村の取引先の小児科医・喜多野だ。26歳の外村よりもずっと年上の喜多野に恋をしたのは1年前。以来片想い中だ。ある日、喜多野とふたりきりで飲みに行くことになった外村は、酔った勢いで言うつもりもなかった告白をしてしまう。はたして小児科医とMRの恋の行方は!?

◎540円（本体価格514円）

「駆け引きのレシピ」

和泉 桂

イラスト▼樹 要

高橋若菜はフリーターの19歳。客である美貌のサラリーマン・藍原雅人との出会いは最悪だったが、次第に心を許していく。ある日、藍原は若菜に「偽装恋人」にならないかと持ちかける。守備範囲外の若菜になら食指が動かず本当に恋してしまうことがない、という藍原に、戸惑いながらも偽装恋人を引き受けた若菜は、デートを繰り返すうちに……!?

◎560円（本体価格533円）

発行●幻冬舎コミックス　発売●幻冬舎